「雑魚スキル」と
追放された紙使い、
真の力が覚醒し
世界最強に
2
～世界で僕だけユニークスキルを
2つ持ってたので真の仲間と成り上がる～
桑野和明
イラスト 福きつね

ヤクモ
【紙使い】
ライザ
【戦士】

テト
【魔導士】

ゼルディア
【六魔星】
シルフィール
【月光の団 リーダー】

「雑魚スキル」と追放された紙使い、真の力が覚醒し世界最強に

～世界で僕だけユニークスキルを2つ持ってたので真の仲間と成り上がる～

②

桑野和明

イラスト/福きつね

Contents

「Zako skill」 to tsuihou sareta
kamitsukai,
shin no chikara ga kakuseishi
sekai saikyou ni

プロローグ

僕は新人冒険者のヤクモだ。

新進気鋭の『聖剣の団』に入っていたが、僕のユニークスキル【紙使い】が雑魚スキルだと思われ、追放されてしまった。

だけど、子供の頃に失ったユニークスキル【魔力極大】が復活して、【紙使い】の能力が圧倒的に強化された。

僕は錬金術師のアルミーネ、狂戦士のピルン、格闘家のキナコとパーティーを組んだ。

僕たちは水晶ドラゴンを倒し、たくさんの報酬を手に入れる。

そのお金で、生まれ育った孤児院に多くの寄付をした。

僕はEランクになり、アルミーネたちとダンジョンで行方不明になった調査団を捜す仕事を受けた。そして、ダンジョンの最下層にある地下都市で魔族のダグルードに捕らわれていた調査団を発見した。

その後、『月光の団』のリーダーで十二英雄のシルフィールと協力して、ダグルードを倒すことができたんだ。

第一章 仲間たち

巨大な月が照らす夜の草原に、僕は立っていた。

冷たい風が紫がかった髪を揺らし、濃厚な草の香りが鼻腔に届く。

「ヤクモくん」

パーティーのリーダーで錬金術師のアルミーネが僕に声をかけた。

ピンク色のセミロングの髪に色白の肌、ダークブルーの瞳に薄く整った唇。スタイルもよく、白を基調とした上品な服を着ている。

「キナコから遠話《えんわ》の魔道具で連絡があったよ。そろそろ、こっちに来るみたい」

「わかった」

僕は視線を南の森に向ける。

森は広く、高さ二十メートル以上の木がみっしりと生えていた。広がった枝葉の近くに、青白く発光する半透明の生物——森クラゲが数十体浮いている。

何かを察したのか、森クラゲたちがゆっくりと森から離れ始めた。

そして——。

数十本の木が次々と倒れ、森から巨大なドラゴン——ニードルドラゴンが姿を現した。

ニードルドラゴンは全身が青黒いトゲで覆われていて、額に金色の角が生えていた。翼はなく、しっぽが三つに分かれていた。

ニードルドラゴンは咆哮をあげて、前を走るキナコを追っている。

予定通り、キナコがニードルドラゴンをここに連れてきてくれた。さすがだな。

キナコは茶トラ柄の猫人族でAランクの冒険者だ。見た目は人間の子供ぐらいの大きさだが、『魔族殺しのキナコ』という二つ名がつくぐらい強い。

キナコはニードルドラゴンとの距離を確認しながら、僕たちのいる場所に近づいてくる。

「予定通りにいくから」

アルミーネは一歩前に出て、右手を前に向ける。

アルミーネの右の瞳に魔法陣が浮かび上がり、ニードルドラゴンの頭上に紫色の魔法陣が現れた。その魔法陣から、黒い霧が出てニードルドラゴンを包む。

巨大なモンスターに効果が高い重力系の魔法だ。

ニードルドラゴンの巨体が数十センチ草原に沈む。

「この時を待っていたのだーっ！」

右側の草原に隠れていたピルンが姿を見せた。

ピルンは十五歳の女の子でDランクの狂戦士だ。すらりとした体形をしていて、瞳は紫色、僅かに開いた口から尖った歯が見えている。髪型は腰まで届くツインテールで、服はへそが見えるセパレートタイプだった。

「愛と正義の狂戦士《バーサーカー》、ピルン！　ここに参上っ！」

ピルンは腰に提げていたカラフルな『マジカルハンマー』を手に取った。マジカルハンマーが巨大化する。

「エジン村の牛さんをいっぱい食べた悪いドラゴンはおしおきなのだ！」

そう言うと、ピルンはニードルドラゴンに突っ込んだ。大きく左足を踏み込み、体を捻りながら、マジカルハンマーをニードルドラゴンの体に叩きつける。青黒いトゲが叩き折れ、バラバラと地面に落ちる。

「ゴアアアアッ！」

ニードルドラゴンが長い首を動かし、ピルンの姿を確認する。

そして、ピルンに向かって青黒いトゲを飛ばした。

ピルンは素早い動きでトゲを避け、ニードルドラゴンの背後に回り込む。

「狂戦士モード発動なのだーっ！」

ピルンの紫色の瞳が輝き、瞳孔が縦に細くなる。

ピルンは左足を踏み出し、マジカルハンマーでニードルドラゴンの後脚を叩いた。

ドンと大きな音がして、ニードルドラゴンの巨体が傾く。

やっぱり、ピルンの狂戦士モードはパワーがすごいな。

「いいぞ、ピルン！」

反転したキナコが一気にニードルドラゴンに駆け寄り、ピンク色の肉球を突き出す。

「『肉球波紋掌』！」

ニードルドラゴンの体に波紋が広がり、開いた口から、黒い血が流れ出す。

さすがキナコだ。一撃でニードルドラゴンに大きなダメージを与えた。

よし！　僕も動くぞ。

僕は『魔喰いの短剣』を握り締めて走り出す。

「ゴオオオッ！」

ニードルドラゴンは首を縮め、体を丸くした。数百本の青黒いトゲが発射される。

僕は意識を集中させ、ユニークスキル【紙使い】の能力を使用する。

魔法文字と様々な図形を組み合わせた魔法を発動させる式――『魔式』を脳内でイメージして。

「『魔防壁強度四』！」

厚みのある白い紙が百枚以上具現化し、ピルンとキナコの前に壁を作る。青黒いトゲが白い壁に突き刺さり、ピルンたちへの攻撃を防ぐ。

僕はニードルドラゴンに駆け寄り、魔喰いの短剣に魔力を注ぎ込む。青白い刃が二メートル以上伸びて、ニードルドラゴンの前脚を切断する。

「ゴガアアアーッ！」

ニードルドラゴンは大地を震わせるような声をあげて、口を大きく開く。その口から青い炎が吐き出された。

僕はニードルドラゴンの側面に移動しながら、数百本の紙の短剣を具現化した。紙の短剣が一斉に動き出し、ニードルドラゴンの体に次々と刺さる。

「ゴガアアアア！」

ニードルドラゴンは巨体を大きく揺らして、森に戻ろうとした。

その時、ニードルドラゴンの行く手を阻むように地面が盛り上がり、土の壁が出現した。土の壁は高さが二十メートル以上あり、長さも百メートルを超えている。

予定通り、アルミーネが土属性の魔法でニードルドラゴンの逃げ道を塞いでくれた。あとは僕とピルンとキナコでニードルドラゴンを倒すだけだ！

「ゴゥウウウ！」

ニードルドラゴンは土の壁を背にして、僕をにらみつける。

どうやら、逃げずに戦う覚悟を決めたようだ。

ニードルドラゴンは首を長く伸ばして、青い炎を吐き出す。草原の草が一気に燃えた。

「ヤクモっ！　足場を頼む！」

キナコが叫んだ。

「わかった」

僕は周囲に無数の紙の足場を具現化する。

キナコとピルンがその足場に飛び乗る。

僕も足場を連続でジャンプしながら、ニードルドラゴンに近づく。

ニードルドラゴンが首を捻って、ピルンを噛もうとする。

その首めがけて、魔喰いの短剣を振り下ろす。半透明の青い刃が硬いウロコを斬り、首の部分から黒い血が噴き出す。

「ゴアアアアッ！」

それでもニードルドラゴンは動きを止めなかった。

三つに分かれたしっぽを振り回し、宙に浮かんでいる足場を次々と壊す。

まだ、暴れるか。それならっ！

魔法のポケットにストックしていた火属性を付与した紙を使って。

「『巨斧炎龍《きよふえんりゆう》』！」

数百枚の紙が組み合わさって、巨大な斧の形になった。斧の刃が炎に包まれる。

「いけえええっ！」

巨斧炎龍がニードルドラゴンの長い首を切断した。巨大な頭部が地面に落ち、ニードルドラゴンの動きが止まる。

そして――。

ニードルドラゴンの巨体が傾き、横倒しになった。

倒した……か。

「やったのだーっ！」

ピルンが僕に抱きついてきた。

「魔王より強いニードルドラゴンを倒したのだ！」

「いや、魔王よりは強くないよ」

僕はピルンに突っ込みを入れる。

「でも、殺傷力の高いニードルドラゴンを倒せたのはすごいことだと思う。トゲと青い炎の攻撃で殺された冒険者は多いから」

「そうだな」

キナコがピンク色の肉球でニードルドラゴンの頭部に触れる。

「こいつの討伐に十人組のパーティーが失敗して複数の死者も出ている。それを俺たちは四人で倒した。しかも、ケガ人を出すこともなく」

キナコが視線を僕に向けた。

「やはり、お前のユニークスキルは役に立つな。紙の壁で仲間を守ることもできるし、いろんなパターンの紙の攻撃も強力だ。しかも、【魔力極大】のおかげで、とんでもない量の紙を出せる。Eランクの冒険者とは思えないぞ」

「ヤクモくんはAランク以上の実力があるからね」

アルミーネが僕の肩を軽く叩く。

「もしかしたら、Sランクレベルかも」

「そんなことないって」

僕は首を左右に振る。

「SランクやAランクは才能ある人たちばかりだから。冒険者になって一年も経っていない僕とは違うよ」

「いや、そうでもないぞ」

キナコが言った。

「ヤクモの強さは変則的だが、Aランク冒険者より上に思える。正直、こいつがSランクの証である金色のプレートをつけていても驚くことはないな」

「だよね」

アルミーネがうんうんとうなずく。

「ヤクモくんがパーティーに入ってくれて本当によかったよ。おかげでニードルドラゴンも倒せたし、報酬と素材込みで大金貨十枚以上にはなると思うよ」

「大金貨十枚かっ！」

ピルンが紫色の瞳を輝かせた。

「天文学的数字なのだ」

「いや、そこまで大きな数字じゃないよ」

アルミーネが手の甲でピルンの腕を叩く。

「まあ、今回は錬金術の素材もあまり使ってないし、一人大金貨二枚は渡せると思うよ」

「それだけあれば、黄金牛のステーキがいっぱい食べられるのだ」

ピルンは口元に垂れたよだれをぬぐう。

その仕草を見て、僕の頬が緩んだ。

ピルンのお金の使い道は食べ物か。ピルンらしいな。

「じゃあ、ニードルドラゴンを回収して、エジン村に戻ろうか。村長に依頼完了の報告もしないといけないしね」

アルミーネはそう言うと、収納用のマジックアイテムの箱を手に取った。

◇　◇　◇

二日後、僕はタンサの町の北地区にある孤児院に向かった。

その孤児院は僕が育った孤児院だ。

古びた門から中に入ると、幼馴染みのリリスが僕に駆け寄ってきた。

年齢は僕と同じ十六歳、ロングの髪は淡い金色で、つぎはぎだらけのクリーム色の古着を着ている。

「ヤクモくん！　何それ？」

リリスは僕が持っていた紙袋を指さす。

「クッキーだよ。中央地区の菓子屋で買ってきたんだ。みんなで食べて。リリスも甘い物大好きだろ」

「うん。ありがとう」

リリスは青い瞳を輝かせて、紙袋を受け取る。

「でも、中央地区のお菓子屋さんって高いよね？　こんなにいっぱい大丈夫なの？」

「高い報酬が手に入ったからね。今日は寄付も多くできるよ」

「……また、危険な仕事をしてたの？」

リリスの眉が眉間に寄る。

「うん。ドラゴン退治だから、危険ではあるかな」

「ドラゴン退治？」

「うん。ニードルドラゴンだよ」

僕はリリスの質問に答えた。

「危険なドラゴンだけど、僕たちのパーティーは仲間が強いから」

「……それならいいけど……無理はしたらダメだよ」

「わかってる。リリスは心配性だな」

僕は笑顔でリリスの肩に触れた。

「で、フローラ院長はいる？」

「ううん。ガノック男爵のところに行ってるよ」

「ガノック男爵って、孤児院の地主の？」

「……うん」

リリスの表情が曇った。

「あのね。この前、ガノック男爵が孤児院の家賃を上げるって言ってきたの」

「家賃を上げる？」

「そう。一年で大金貨一枚分増やすって」

「えっ？　そんなに？」

僕は驚きの声をあげた。

「突然、上げすぎじゃないかな」

「うん。だから、フローラ院長は交渉に行ったの。もっと安くして欲しいって。でも……」

数秒間、リリスの言葉が途切れた。

「多分、無理だと思う。ガノック男爵は孤児院を潰したいから」

「どうして？」

「この土地に新しい屋敷を建てたいみたい。息子さんが結婚するみたいだから」

「……そうか。それで家賃を上げたんだね。家賃が払えなければ、合法的に孤児院を潰せるから」

僕は古い孤児院を見上げる。

壁の一部にひびが入っていて、窓から見えるカーテンは色褪せていた。

フローラ院長は頑張ってるけど、孤児院の運営にはお金がかかる。それなのに家賃が値上げになるなんて。

僕は魔法のポーチから大金貨を二枚取り出し、リリスに渡した。

「これ、フローラ院長に渡しておいて」

「えっ？　大金貨二枚？」

リリスの目が丸くなった。

「こんなにいっぱい寄付してくれるの？」

「うん。フローラ院長に伝えて。また、寄付をしにくるって」

僕は唇を強く結ぶ。

もっと、お金を稼ごう。そして、生まれ育ったこの孤児院を僕が守るんだ！

第二章　新たな出会い

次の日、僕は冒険者ギルドでソロの仕事を受けた。

パーティーでの仕事以外でも、お金を稼ごうと思ったからだ。

いくつかの素材採取の依頼を受けて、僕はガホンの森に向かった。ガホンの森は崖が多く高低差が激しい森だ。中央には大きな川が流れていて、多くの生物が生息している。

僕は草のつるが垂れ下がった獣道を川に向かって進んだ。薄暗い森の中に青白く発光する森クラゲが浮いている。

「森クラゲは綺麗だけど、素材にはならないからな」

僕はため息をついて、視線を左右に動かす。

まずは依頼を受けている『月光草《げつこうそう》』と『蒼冷石《そうれいせき》』『七色蟲《なないろむし》』を探すか。それを探しながら、素材になるモンスターを倒そう。白銀《はくぎん》狼《おおかみ》を倒せば、毛皮が金貨二枚以上で売れるし。

茂みをかき分けて進むと崖に出た。先端から下を覗くと、崖の底に多くの石が転がっている。

「落ちたら即死だな」

意識を集中して、崖に紙の橋を架けた。紙の橋は幅が五十センチほどで向かい側の崖に繋がっている。その橋を僕は早足で渡る。

やっぱり、【紙使い】のスキルは役に立つな。紙の橋を架けなければ、こっち側に来るのに一時間以上はかかっただろう。

ふと、足元を見ると、黄白色に輝く草が生えていた。

「あ、月光草だ」

僕は片膝をついて、月光草を丁寧に引き抜く。

ラッキーだったな。崖の近くだったから、他の冒険者に見つからなかったのか。

この調子で、どんどん素材を探していこう。とにかく、たくさんお金を稼ぐんだ！

僕は魔法のポケットに月光草を収納して、森の奥に進んだ。


数時間後、僕は巨木が立ち並ぶ森の中を歩いていた。頭上の枝葉が広がり、木漏れ日が僕の姿を照らす。

今日は調子がいいな。依頼の素材は全部手に入ったし、ついでに『古代トカゲの化石』も手に入れた。これは大銀貨三枚にはなるだろう。

とりあえず、今夜は森で野宿するとして……。

その時、茂みの奥に人の顔のようなものが見えた。

「……んっ？」

僕は魔喰いの短剣を手に取り、茂みに近づく。

視線の先に中年の男が仰向けに倒れていた。胸の部分は血に染まっていて、周囲の草に血がこびりついている。

「だ、大丈夫ですか？」

僕は男に駆け寄った。

「あ……」

男は死んでいた。薄く開いた目は乾いていて、額に三つの三角形が刻まれていた。胸の傷は深く、周囲の皮膚が少し焼けている。火属性を付与した武器で突かれたんだろう。

「この図形……ドールズ教か」

僕の口中が乾いた。

ドールズ教は太古の時代に世界を滅ぼそうとした邪神ドールズを崇める宗教で、自分の欲のためなら、人さえ殺してもいい教えがある。レステ国で禁止されている宗教だが、その信者は国内だけでも一万人以上いると言われている。

たしか、ドールズ教の信者が邪神ドールズの捧げ物に、この図形を刻むはずだ。

この人は、僕と同じで素材採取の依頼を受けて、この森を探索してたのかもしれないな。

僕は男のベルトにはめ込まれていたCランク冒険者の証である青色のプレートを見つめる。プレートの下部には数字が刻まれていた。

プレートを冒険者ギルドに持っていけば、この人の名前がわかるだろう。とりあえず、プレートを回収しておくか。

「動かないで！」

突然、背後から声が聞こえた。

振り返ると、そこには茶色の髪を後ろに束ねた少女が短剣を構えて立っていた。

年齢は十代後半ぐらいで、背丈は僕より少し低い。革製の赤い鎧を装備していて、腰のベルトには緑色のプレートがはめ込まれていた。

「あなた、人を殺すなんてどういうつもり？」

少女は眉を吊り上げ、僕をにらみつける。

「あ、いや。僕じゃないよ！」

僕は慌てて、両手を上げた。

「僕は死体を見つけただけだから」

「見つけただけ？」

「うん。多分、ドールズ教の信者が殺したんだと思う」

「ドールズ教？」

「額にドールズ教の印が刻まれているんだ。だから、僕じゃないよ」

「あなたがドールズ教の信者の可能性もあるでしょ」

少女は短剣の刃を僕に向ける。

「私は騙されるつもりはないから」

「う……」

僕は頬をぴくぴくと痙攣させて、後ずさりする。

まいったな。どうすれば疑惑が晴れるんだろう？　あ……。

「血だ。血を見て」

「血がどうしたの？」

「死体の血が乾いてるだろ？」

　僕は死体の傷口を指さす。

「ほら、草についた血も乾いてる。つまり、この人は何時間も前に殺されてたってことだよ」

「それがどうかしたの？」

「何時間も前に殺されているのに、そこに犯人がずっといるわけないよね？」

「あ……」

　少女の口が大きく開いた。

「それは……そうだけど、んっ？」

　少女は僕のベルトにはめ込んでいる黄土色のプレートを見つめた。

「あなた、Eランクなの？」

「うん。最近、Eランクになれたんだ」

「……そう」

　少女は死体と僕を交互に見る。

「どうやら、あなたが犯人ってわけじゃなさそうね。死んでるのはCランクの冒険者みたいだし、あなたが正面から殺せたとは思えない」

「じゃあ、僕の疑いは晴れたってことだね？」

「……一応ね」

少女は短剣を鞘に戻した。

「私はライザ。Dランクの冒険者よ。あなたは？」

「僕はヤクモ。素材探しでこの森に来たんだ」

「ふーん。ソロか」

少女——ライザは呆れた顔で僕を見つめる。

「パーティーか団に入ったら？　そのほうが安全だし」

「いや、パーティーには入ってるよ。ただ、今日はパーティーの仕事がなかったから、ソロで稼ごうと思って」

「お金が必要ってわけか」

ライザは頭をかいた。

「まっ、ソロだと報酬は全部自分のものになるけど、その分、危険だからね。注意したほうがいいわよ」

「うん。気をつけるよ」

「と、それより、この死体のほうが問題か」

ライザは死体に近づき、傷口を確認する。

「……たしかに死んでから何時間も経ってるみたいね。腕にも短剣で刺された傷がある。戦闘でやられたのかな」

「ドールズ教の信者のほうがCランクの冒険者より強かったってことか」

「そうなるわね。となると、注意したほうがいいかな。今も近くにいる……あ……」

ライザが大きな声を出した。

「どうしたの？」

「仲間がいるの。あの子、まだ、Fランクだからまずいかも」

その時、木の陰から少年が姿を見せた。

少年は十代半ばぐらいで、華奢な体格をしていた。背は百六十センチちょっとで髪は黒髪、色白の肌をしている。服は濃い緑色で、いびつに歪んだ杖を持っていた。

「あ……やっと見つけた」

少年はほっとした表情でライザに近づく。

「待ち合わせ場所にいないから探したよ……んっ？」

少年の視線が僕に向けられる。

「この人は？」

「Eランク冒険者のヤクモ。ソロで素材探しをやってたみたい」

ライザが答えた。

「で、テト。『甘香草』は見つかったの？」

「依頼分の十束は見つけたよ……うわっ！」

少年――テトが死体に気づいて大きな声をあげた。

「な、何これ？」

「冒険者の死体よ。見てわかるでしょ」

「い、いや。そういうことじゃなくて、どうして死んでるの？」

「ドールズ教の信者に殺されたみたい」

「ドールズ教って……」

テトは口元を押さえて、死体を覗き込む。

「この近くにドールズ教の信者がいるってこと？」

「今はわからないけど、何時間か前にはいたんでしょうね」

「それって、危険ってことだよね？」

「ええ。信者が一人だけじゃないかもしれないし」

「それなら、もう帰ろうよ。ライザも白銀狼を三匹も倒したんだろ。二人パーティーなら十分な成果だよ」

テトが心配そうな顔で周囲を見つめる。

「とにかく、タンサの町に戻ろうよ」

「……そうね」

ライザは視線を僕に向けた。

「ねぇ、ヤクモ。あなたの依頼は終わってるの？」

「うん。一応」

僕はライザの質問に答えた。

「なら、いっしょにタンサの町に戻らない？　あなただって、Dランクの私がいたほうが安心でしょ？」

「そうだね。冒険者ギルドに死体のことも報告しないといけないし」

「じゃあ、決まりね。あなたも私が守ってあげるから」

ライザはぐっと親指を立てた。


ライザとテトは最近パーティーを組んだらしい。

ライザは戦士で【体力強化】のスキルを持っている。テトは魔道師で水属性の魔法が使える。

ライザが言うには、テトはまだ戦闘に慣れてないけど、将来性はあるらしい。

テトが強くなれば、戦士と魔道師で相性もいいし、さらに人数が増えれば、強いパーティーになるかもしれない。

「ねぇ、ヤクモ」

僕の後ろを歩いていたライザが垂直の崖を指さした。

「ここ、行き止まりじゃないの？」

「いや、大丈夫だよ」

僕は意識を集中させて、紙の足場を具現化した。

「これで崖の上まで行けるから」

ライザとテトの目が丸くなった。

「へーっ、これがあなたの能力なんだ」

ライザは一段目の紙の足場に乗って、軽くジャンプする。

「いいユニークスキルね。移動に役立ちそう」

「……うん。すごいよ、これ」

テトが紙の足場に触れる。

「こんなスキル、初めて見た」

「そうね。戦闘向けじゃないけど、いろいろ使えると思う」

ライザの言葉に僕は頭をかいた。

やっぱり、紙を具現化する能力って戦闘向けじゃないと思われるよな。でも、それが普通の反応だろう。聖剣の団のリーダーでSランクのキルサスだって、【紙操作】のユニークスキルを雑魚スキルと思っていたし。まあ、あの頃は【魔力極大】のユニークスキルがなかったからってこともあるけど。

僕たちは紙の足場をジャンプしながら、崖の上に移動した。


その後、僕たちは森の中で一夜を過ごし、翌日、タンサの町に戻ることができた。

冒険者ギルドで報酬を受け取った後、ガホンの森で死んだ冒険者のプレートを職員に渡した。

ドールズ教の信者が冒険者を殺した可能性があることを伝えると、職員の表情が変わった。

深刻な顔をして、周囲にいる他の職員たちと話を始める。

「また、ドールズ教か。これで三人目だな」

「ああ。全員が『炎龍の団』の団員ばかりだ」

「それって、やっぱり……」

数分後、隣にある待合室の扉が開く音がした。

振り返ると、扉の前にオレンジ色の髪の亜人の女性が立っていた。

女性は二十代半ばぐらいで、背丈は百七十センチを超えていた。頭部に猫の耳を生やしていて、肌は褐色だった。服は光沢のある黒い服を着ていて、金色の首輪と腕輪をしている。

ベルトにはめ込まれた金色のプレートを見て、僕は彼女がSランクの冒険者だと気づく。

女性はつかつかと受付に歩み寄り、テーブルを平手で叩いた。

「おいっ！　うちの団のラックスの死体が見つかったって本当か？」

「は、はい。メルトさん」

職員の男が女性――メルトに青いプレートを渡した。

「登録された番号と合っていましたから、間違いないかと」

「……っ！」

メルトは牙のような八重歯をぎりぎりと鳴らした。

「あれほど注意しろと言ったのに」

メルトの体が小刻みに震え出し、オレンジ色のしっぽの毛が逆立った。

「……で、誰がラックスを見つけたんだ？」

「あの人です」

職員の男が僕たちを指さした。

メルトは僕たちに近づき、頭を下げた。

「感謝する。君のおかげでラックスの死に場所を知ることができた」

「偶然見つけただけですから」

僕はメルトと視線を合わせる。

「僕はヤクモ。Ｅランクの冒険者です」

「私はメルト。炎龍の団のリーダーだ」

「炎龍の団って、セガサ山にあるドールルズ教の隠れ村を壊滅させた……」

「知ってるんだな」

「もちろんです。団員の数も多くて強いと評判ですから」

「どんな荒事にも対応できるように私が団員を鍛えてるからな」

メルトは右手をこぶしの形に変える。みしりと骨の鳴る音がした。

「ヤクモ。ラックスの死んだ場所の地図を描いてもらえないか。団の仲間で埋葬してやりたいからな。もちろん、金は払う」

「いいえ、お金はいりません」

「いいのか？」

「はい。こういうことでお金を受け取りたくないから」

「……そうか」

メルトはダークグリーンの瞳で僕を見つめる。

「ヤクモ、君の名前は覚えておく。ありがとう」

メルトはもう一度、僕に頭を下げた。

◇◇◇

五日後、僕、ピルン、キナコはタンサの町の北地区にあるアルミーネの家に集合した。

僕たちがテーブルに座ると、すぐにアルミーネが口を開いた。

「新しい仕事が決まったよ」

「魔王ゼズズの討伐か！」

ピルンが紫色の瞳を輝かせた。

「そんなわけないでしょ。今回はガホンの森でドールズ教の神殿探しと信者の捕獲だよ」

「ドールズ教の神殿探し？」

僕はアルミーネに聞き返した。

「そうだよ。しかも、炎龍の団の指名でね。ヤクモくんがいるパーティーに依頼を頼みたいって」

　アルミーネは僕に顔を近づける。

「いつの間に炎龍の団のリーダーと知り合ったの？」

「あ、いや。知り合いってほどじゃないけど……」

　僕は冒険者ギルドでメルトと出会った時の話をした。

「……なるほどね」

　アルミーネが胸元で腕を組む。

「だから、依頼料も相場より高かったのか」

「高かったんだ？」

「うん。一日金貨四枚。私たちのパーティーの構成から考えると、二倍近い価格かも」

「……それはたしかに多いね」

「まあ、ドールズ教関係の仕事は危険度も高いからね。それもあるとは思う」

「そうだな」

　無言だったキナコが口を開いた。

「ドールズ教の神殿を探すのなら、信者が邪魔をしてくる可能性が高い。しかも、誰が信者かわからないからな」

「だよね。噂では貴族の中にもドールズ教の信者がいるって聞くし、隣の家の家族が全員ドールズ教の信者だったたって話もある」

　アルミーネがため息をつく。

「そう考えると、恐いよね。だって、相手は人を殺してもいいって思ってるんだから」

「アルミーネ」

ピルンが右手を上げた。

「ドールズ教の信者を見分ける方法はないのか？」

「うーん。特別な秘薬を飲ませて、魔法で自白させる方法はあるけど、それって難しいの」

「どうしてなのだ？」

「秘薬を作るのに高価な素材がいくつも必要になるからね。信者かどうかを判定するために、大金貨一枚以上のお金をかけるのは現実的には難しいかな」

アルミーネは壁際の棚に並んでいる素材を見回す。

「まあ、『天界龍の宝珠』でも手に入れれば、簡単に真実を見分ける魔道具が作れるかも」

「そんなことより、仕事内容は詳しく話せ」

キナコがじろりとアルミーネを見つめる。

「ごめん、ごめん。えーと、依頼主はレステ国よ」

「ん？　炎龍の団じゃないのか？」

「炎龍の団はまとめ役ってところね。ガホンの森は広いから、団員だけじゃ足りないってことで、いくつかの団やパーティーに依頼するみたい。そのお金は炎龍の団が払うって流れかな」

「ガホンの森に神殿があるのは確実なのか？」

「炎龍の団のリーダーはそう考えてるみたい」

「……ふむ。状況によってはそのまま神殿に突入するってことか」

「でしょうね。人数を集めてるし」

アルミーネは依頼書をテーブルの上に置いた。

「出発は二日後でガホンの森の入り口で炎龍の団と合流することになるかな。だから、そのつもりで準備しておいて。私もいろんな魔法に使う素材をいっぱい持っていくから」

「了解なのだ！」

ピルンが僕の腕を掴んだ。

「ヤクモっ！　すぐに『肉星亭』に行くのだ！」

「えっ？　肉星亭って肉料理を出す店だろ？」

僕はまぶたをぱちぱちと動かす。

「仕事の準備とどういう関係があるの？」

「食いだめなのだ」

ピルンが薄い胸を張った。

「今回の依頼は時間がかかるかもしれないからな。それなら、美味しいお肉を今のうちにいっぱい食べておかないといけないのだ」

「いや、いけないってことはないよ。というか、食いだめしても意味ないだろ？」

「意味はあるのだ。だから、ヤクモもつき合うのだ！」

「まあ、つき合うのはいいけど。どうせ、何か食べようと思ってたし」

僕は口元のよだれをぬぐっているピルンを見て、頬を緩める。

ほんと、ピルンは食べ物のことばかり考えているな。でも、それがピルンの魅力かもしれない。パーティーのムードメーカーだし。

第三章 ドールズ教

ガホンの森の入り口に数十人の冒険者たちが集まっていた。

冒険者たちは武器や防具、魔法のポーチの中に入っている魔道具や食料の確認をしている。

プレートの色を確認すると、ＥランクとＤランクの冒険者が多かった。

「どうやら、炎龍の団の団員は来てないみたいね」

アルミーネは周囲を見回す。

「ここにいる冒険者は私たちみたいに炎龍の団から依頼されたパーティーかな」

「みたいだね」

僕はマントのポケットに触れる。

魔法のポケットには特別な効果がある紙をたくさん収納してきた。きっと今回の仕事でも役に立つはずだ。

「あ、ヤクモ！」

背後から聞き覚えのある声が聞こえた。

振り返ると、そこにはライザとテトがいた。

ライザが笑顔で僕に駆け寄る。

「あなたも炎龍の団に依頼を受けたの？」

「うん。ライザたちもそうなんだね」

「ええ。最近、ずっとガホンの森で探索をやってて土地勘があるから。それに私たちもラックスさんの遺体の発見者だし」

「でも、僕たちで大丈夫かな？」

テトが不安げな表情を浮かべる。

「ドールズ教の神殿探しなんて、絶対危険だよ。信者が襲ってくるかもしれないし」

「でも、依頼を受けたいって言ったのはあなたでしょ？」

「だって、依頼料が高かったから」

「依頼料が高いってことは、危険な仕事ってことよ」

ライザはテトの額を人差し指で突いた。

「まっ、あなたは才能あると思うし、戦闘経験を積めば、Dランク以上の冒険者になれるよ。そうなれば、もっと高い依頼も受けられるから」

「うーん。僕に才能あるのかな？」

「あるって。あなたは恐がりで失敗も多いけど、基礎魔力が多いし、剣の扱いも上手い。頑張れば魔法戦士になれると思うよ」

「魔法戦士かぁ。なれたらいいけどなぁ」

テトがふっと息を吐き出した。

ライザは視線を僕に戻す。

「というわけで、よろしくね」

「うん。よろしく」

僕は差し出されたライザの手を握った。

ライザにアルミーネたちを紹介していると、革製の鎧を装備した茶髪の男が目に入った。

あれは……聖剣の団のアルベルだ。後ろにダズルとカミラもいる。

アルベルたちと僕は聖剣の団でパーティーを組んでいた。彼らは複数の戦闘スキルを持っていて、現在はEランクの冒険者になっている。

「よぉ、ヤクモ」

アルベルが僕に近づいてきた。

「お前のパーティーもこの仕事を受けたのか?」

「うん。炎龍の団のリーダーと話す機会があって」

「Sランクのメルトか」

アルベルの眉がぴくりと動く。

「……お前、強い奴に取り入るのが上手いな。いつの間にか、キナコがいるパーティーに入ってるし」

「そんなつもりはないけど……」

僕は近くにいたキナコをちらりと見る。

「でも、キナコには戦い方を教えてもらってるよ」

「戦い方ねぇ」

アルベルは鼻で笑った。

「運よくEランクになれたお前がAランクの冒険者に戦い方を教えてもらっても意味ないだろ。実力が違いすぎるからな」

「そうだよね。ひひっ」

ダズルが気味の悪い声をあげる。

「ヤクモは戦闘スキルを持ってないし、どうせ鍛えてもたいして強くなれないよ。砂漠に小麦の種をまくようなものさ」

「ふふっ、上手いこと言うわね」

カミラが目を細めて口角を吊り上げる。

「でも、ヤクモも弱いなりに頑張ってるのは偉いじゃん。使えないユニークスキルしか持ってないのにさ」

「紙を具現化するだけのスキルだからね。しかも、その紙は消えるから、売ることもできないし、何の意味もないよ」

「まっ、ヤクモは運だけはいいから。雑魚スキルでも生きていけるでしょ」

「それはどうかかな。冒険者は一つの不運で死んじゃう職業だし、本当の実力がないと、長生きはできないと思うよ。ひひっ」

ダズルとカミラは顔を見合わせて笑う。

「おいっ、ヤクモ！」

アルベルが僕の顔を指さす。

「この仕事はドールズ教の信者たちと戦うことになるかもしれない。その時に俺たちの足だけは引っ張るなよ」

「うん。気をつけるよ」

「……ちっ」

アルベルは舌打ちして、ダズルたちといっしょに去っていった。

「ちょっと、ヤクモくん！」

アルミーネが僕の腕を掴んだ。

「何、あの人たち。すごく失礼なんだけど」

「僕が最初に組んだパーティーの仲間なんだ」

「じゃあ、聖剣の団の？」

「新人だよ。全員、複数の戦闘スキルを持ってて、なかなか強いと思うよ」

「なかなか強くても、失礼すぎるよ」

アルミーネの頬が風船のように膨らむ。

「第一、ヤクモくんのほうが絶対、あの人たちより強いから」

「そうかな？」

「当たり前でしょ。今のヤクモくんなら、一対三で戦っても余裕で勝てるから」

「それは難しいと思うよ」

「難しくないからっ！」

アルミーネがピンク色の眉を吊り上げる。

「前から思ってたけど、ヤクモくんは自己評価が低いよ。最近はキナコとの模擬戦だって互角に戦ってるでしょ」

「でも、最後にはいつも負けてるし」

「それは当然だ」

無言だったキナコが口を開いた。

「俺はAランクの格闘家だぞ。模擬戦とはいえ、そう簡単に負けてたまるか」

キナコは白い爪で頭をかいた。

「だが、最近のお前の強さは俺の想像を超えている」

「そうなの？」

「ああ。お前は戦闘センスがいいし、瞬時の判断が速い。こっちの予想を外す攻撃を仕掛けてくることもある。お前の強さはホンモノだ。俺が保証してやる」

「ほらーっ！」

アルミーネが僕の肩をパンパンと叩く。

「私たちの目を信じなさいって！」

「……うーん」

僕は腕を組んで考え込む。

たしかに僕は強くなったと思う。頭をケガしてから思考速度が速くなって、戦闘時に正しい選択を瞬時にできるようになっている。

それに【魔力極大】のおかげで、基礎魔力が常人の三千倍以上の730万マナもあるから、【紙使い】の能力を存分に使うこともできる。

今の僕なら、Bランクの冒険者が手こずるような強いモンスターもソロで倒せるだろう。

だけど、その程度で強いと言えるんだろうか？

この世界には多くの強者が存在する。

AランクやSランクの冒険者の中には、ソロでドラゴンと戦える者がいる。

それにゲム大陸最強と言われている十二英雄は、町や村を滅ぼす災害クラスのモンスターや多くの魔族を倒している。魔王ゼズズの幹部である六魔星ガルラードでさえ、十二英雄のリムシェラに倒されたんだ。

それぐらい強くなれたら、お金をたくさん稼げる。孤児院の土地を買い取ることだってできるんだ。

もっと強くならないと！

その時、周囲にいた冒険者たちが騒ぎ始めた。

僕の視界にこっちに近づいてくる冒険者たちが見える。数は八十人ぐらいで、全員が魔法の武器を装備している。

さすが実力ナンバー1の炎龍の団だな。Cランク以上の団員が多いし、表情や歩き方からも強さが滲み出ている。

それに――。

僕は先頭を歩いているメルトを見つめる。

オレンジ色の髪をなびかせて大股で歩く彼女の姿は輝いているように見えた。

「『四刀流のメルト』か」

隣でキナコがぼそりとつぶやいた。

「四刀流？」

「ああ。メルトのブーツには仕掛けがあってな。先端から火属性の刃が突き出るようになっているる。これで両手の短剣と合わせて四つだ」

「足って、そんな戦い方ができるの？」

「できるから、メルトはSランクなんだ。まあ、味方にいれば頼りになる存在ではあるな」

「そう……だよね」

メルトは僕たち冒険者の前で足を止め、真一文字に結んでいた唇を開いた。

「勇敢なる冒険者の諸君。今回の依頼を受けてくれて感謝する！」

凛としたメルトの声が響いた。

「君たちにはドールズ教の神殿の捜索をしてもらうことになる。パーティーごとに探す地域を決めてあるので、見逃しのないように頼む」

「メルトさんよぉ」

四十代の体格のいい男が口を開いた。

「神殿があるってことは、信者も多く集まってるよな？　大規模な戦闘になる可能性はあるのか？」

「ある……と思ってもらったほうがいいな」

メルトは冒険者たちを見回しながら答えた。

「ドールズ教の信者の中にも戦闘に長けた者がいるのは間違いない。炎龍の団の団員も最近三人殺されたし、向こうから攻めてくるかもしれない」

その言葉に冒険者たちの表情が引き締まる。

「だが、こちらも荒事に強い団員八十人を用意した。仮に戦闘になっても、私たちが前線で戦う。君たちはサポートに徹してくれればいい」

「なるほどな。まあ、Ｓランクのあんたがいれば安心か」

男は頭をかく。

「では、ガホンの森の詳細な地図を渡す。パーティーのリーダーは取りにきてくれ」

メルトがそう言うと、隣にいた若い男が魔法のポーチから数十枚の地図を取り出した。

パーティーのリーダーらしき冒険者たちが地図を取りに行く。

「これは楽な仕事になりそうなのだ」

ピルンが言った。

「ドールズ教の信者が強くても、炎龍の団の団員のほうがもっと強いからな。それにリーダーのメルトは二つ名持ちのSランクなのだ」

「でも、油断はしないほうがいいよ」

僕は森に視線を向ける。

「ガホンの森は広いし、神殿探しはパーティーでやるみたいだから。奇襲されたら、炎龍の団に連絡する時間はないし」

「そうだな」

キナコがうなずいた。

「Sランクの冒険者が格下の相手に奇襲されて殺されることもある。相性の差で殺されることもある。最強がいつも勝つわけじゃないことは覚えておくことだ」

最強がいつも勝つわけじゃない……か。

キナコの言う通りだな。一瞬の判断ミスで強者が死ぬことはある。運命の神ダリスはきまぐれだから。

僕は炎龍の団の団員から地図を受け取っているアルミーネを見つめる。

アルミーネはCランクの冒険者で上級の錬金術師でもある。素材を利用して高位魔法を使えるし、回復魔法の質も高い。でも、白兵戦は得意じゃない。

ピルンとキナコは基本攻撃担当だし、僕がアルミーネを守らないと。

数時間後、僕たちはガホンの森の北側を移動していた。

森の中は薄暗く、どこからか鳥の鳴き声が聞こえている。空気は冷えていて、少し湿り気を感じる。多分、近くに水場があるんだろう。

先頭を歩いていたピルンが足を止めた。

「ヤクモ、神殿はどのぐらい大きいのだ？」

「それはわからないよ」

僕は周囲を見回しながら、口を動かした。

「ただ、洞窟みたいな地下にあるんじゃないかな。地上にあったら、とっくに見つかってるだろうし」

「じゃあ、洞窟の入り口を探せばいいのか？」

「そうだね。でも、入り口は隠されてると思うよ。森の中だから、岩や草木で隠せば見つけるのは難しいし」

「なら、ピルンたちが見つければ、大手柄になるのだ！」

ピルンの紫色の瞳が輝く。

「神殿を見つけて、ピルンのすごさを証明するのだーっ！」

「頑張ってね。ピルン」

アルミーネが笑いながら言った。

「私たちのパーティーがどんどん実績を上げれば、国に認められて『混沌の大迷宮』に入れるようになるから」

「まかせておくのだ。アルミーネの願いはピルンが叶えてあげるのだ」

ピルンはポンと自身の胸を叩いた。

その時――。

アルミーネの後方にある茂みが微かな音を立てた。

視線を動かすと、茂みの奥に黒い服を着た男がいた。

男はアルミーネに向かってナイフを投げる。

ドールズ教の信者かっ！

僕は意識を集中させて、手のひらサイズの強化した紙を数枚具現化した。

その紙にナイフが当たり、甲高い音を立てる。

僕と同時に信者に気づいたキナコが茂みに突っ込んだ。

「くうっ！」

信者は腰に提げた短剣を引き抜き、キナコに振り下ろす。

「遅いっ！」

キナコは一瞬で信者の側面に回り込み、ピンク色の肉球で脇腹を叩いた。

ドンと大きな音がして信者が飛ばされる。

信者の体が木の幹に当たり、そのまま地面に倒れた。

「アルミーネっ！　拘束具はあるか？」

「う、うん」

アルミーネは魔法のポーチから青い紐を取り出して、キナコに渡した。

キナコはその紐で信者の手足を拘束する。

「ありがとう、ヤクモくん」

アルミーネが僕に礼を言った。

「私、狙われてることに気づいてなかったよ」

「いや。君を守るのが僕の役目でもあるから」

「守る……」

アルミーネの頬が少し赤くなった。

「ヤクモくん……」

「んっ？　どうかしたの？」

「あ、ううん。何でもないよ」

アルミーネは僕から顔をそらす。

「そっ、そうだ。信者を見つけたことを炎龍の団に報告しないと」

僕に背を向けて、アルミーネは遠話の魔道具を使用した。


一時間後、僕たちは炎龍の団と合流した。

「早速、狂信者どもが動いたか」

炎龍の団の副リーダー、グレッグが拘束された信者を見下ろして言った。

グレッグは三十代半ばの男で身長が百八十センチを超えていた。がっちりとした体格で魔法の鎧を装備している。太いベルトにはAランクの証である銀色のプレートがはめ込まれていた。

「よくやってくれた。君たちを警戒地域に配置しておいたのは正解だったな」

「警戒地域？」

アルミーネが首をかしげた。

「ああ。この辺りは洞窟が多いからな。信者の目撃情報もあった。そういう地域には強いパーティーを配置するようにしてたんだ」

グレッグはちらりとキナコを見た。

「このパーティーにはAランクのキナコがいるし、君はCランクの冒険者だが、上級の錬金術師の資格も持っているからな」

「ちゃんと調べてるんですね」

「もちろんだ。ヤクモのパーティーを今回の作戦に加えたのは、ラックスを見つけてくれた礼のつもりだったが、ここまで仲間が実力ある者たちだったとはな。予想外の幸運だ」

「ヤクモくんも強いですよ」

「ん？　ヤクモはEランクだろ？」

「それでもヤクモくんは強いんです。うちのパーティーの要ですから」

「……ほう」

グレッグは値踏みするかのように僕を見つめる。

「君は戦闘スキルを持っているのか？」

「いえ。ユニークスキルだけです」

僕はグレッグの質問に答える。

「紙を具現化する能力ですけど」

「……かっ、紙か。それはまた……珍しい能力だな」

グレッグの頬がぴくぴくと動く。

やっぱり、紙の具現化の能力はいまいちと思われるな。それは仕方のないことかもしれない。

「とにかく、この信者が神殿の場所を知ってるかもしれない」

「残念だが……」

捕らわれていた信者が口を開いた。

「俺は神殿の場所を知らん。だから、攻撃をまかされたんだ」

「……なるほど。雑魚ってことか」

グレッグは冷たい視線を信者に向ける。

「だが、尋問はさせてもらうぞ。その言葉がウソかもしれないからな」

「好きにしろ……と言いたいところだが、お前たちにつき合う理由がないからな」

信者は素早く呪文を唱えた。

「貴様っ！」

グレッグは右手で信者の首を掴み、呪文を止めた。

「この状況で逃げられると思っているのか」

「……逃げる気など……ない……があっ！」

突然、信者の目と口から血が流れ出し、体が小刻みに痙攣した。

「邪神ドールズ様……最後に我が肉体を捧げ……」

信者は言葉を言い終える前に絶命した。

「毒か……」

キナコがぼそりとつぶやいた。

「あらかじめ体に毒を仕込んでおいて、簡単な呪文で自死できるようにしていたんだろう」

「そんなことまでするのか……」

僕の口から掠れた声が漏れる。

ドールズ教の信者は組織的に行動して、多くの人々を殺している。だから、捕まると死刑になることが多い。

だけど、自分で死を選ぶなんて。

「狂信者の考えなど、常人にはわからん」

僕の考えが読めたかのように、キナコが言った。

「ただ、自分の死を恐れていない者と戦う時は注意しろよ。予想外の攻撃を仕掛けてくる場合もあるからな」

キナコの忠告に僕は首を縦に動かした。

◇◇◇

その日の夜、僕たちは他のパーティーといっしょに川辺に集まっていた。焚き火の炎がパチパチと音を立て、周囲の景色を照らしている。

「結局、神殿は見つからなかったね」

アルミーネがため息をついた。

「初日だからね」

僕はガホンの森の地図を見ながら言った。

「まだ、探してない場所もいっぱいあるし」

「そうね。明日に期待だね」

アルミーネは木のコップに入った紅茶に口をつける。

「今夜は早めに寝ておいたほうがいいかな。見張りは炎龍の団の人たちがやってくれるから」

「うん。眠れる時にはしっかり眠る、が冒険者の基本だから」

僕は丸くなって眠っているキナコを見つめる。

こうやって眠っている姿を見ると、Ａランクの冒険者とは思えないな。口から舌をちょっとだけ出しているのもかわいいと思う。

「ヤクモっ！」

ピルンがピンク色の寝袋を持ってやってきた。

「この寝袋はアルミーネが作ってくれた特別製で寝心地が最高なのだ。いっしょに寝るのだ！」

「えっ？　寝袋に二人で寝るの？」

「この寝袋は大きいから大丈夫なのだ」

「だっ、ダメだよ！」

アルミーネが慌てた様子でピルンの腕を掴んだ。

「男の人といっしょの寝袋に入るなんて」

「大丈夫なのだ。ピルンはヤクモのことが大好きだから」

ピルンは僕に抱きつく。

「大好きな人とはいっしょの寝袋で寝ていいって、法律で決まっているのだ」

「そんな法律ないから！　それに好きにもいろいろあって……」

アルミーネは顔を赤くして、ピルンに説明をする。

「……だから、ピルンは一人で寝るの。第一、ヤクモくんの寝袋だって、ちゃんと準備してるんだから」

「むうっ、二人で寝たほうがあったかいのだ」

ピルンは不満げに頬を膨らませる。

「それにヤクモだって、ピルンといっしょに寝たいって思ってるはずなのだ」

「いや、一人のほうがいいかな」

　僕は笑いながら答えた。

「女の子といっしょのベッドで寝ると気を遣うから」

「え……？」

　アルミーネがダークブルーの目を丸くした。

「ヤクモくん……女の子といっしょのベッドで寝たことあるの？」

「うん。よくあるよ」

「よくあるって……」

「僕は孤児院出身だから。今でも、たまに孤児院に泊まると子供たちが僕のベッドに潜り込んでくるよ。その中には女の子もいっぱいいるから」

「あ……そういうこと」

　アルミーネが大きく息を吐き出す。

「……もうっ！　変な言い方しないで！」

　アルミーネがピンク色の眉を吊り上げて、僕の肩を強めに叩いた。

「あっ、ご、ごめん」

　僕は慌てて頭を下げた。

◇◇◇

次の日の朝、僕が起きると、炎龍の団の団員たちが興奮した様子で何かを話していた。

「どうかしたの？」

僕は側にいたアルミーネに声をかける。

「神殿が見つかったって」

「えっ？　そうなの？」

「うん。今日の朝、戻ってきたパーティーが神殿がある洞窟を見つけたみたい」

「それはいい情報だね」

僕は立ち上がって、数十メートル先にいるメルトに視線を向ける。

メルトは周囲にいる炎龍の団の団員たちに指示を出している。

「僕たちも準備したほうがよさそうだね」

「うん。ピルンとキナコを起こしてくるよ」

アルミーネは近くで眠っている二人を起こしにいった。

「ピルン、起きて」

僕はピンク色の寝袋から顔だけを出しているピルンの頬を人差し指で突いた。

「……大丈夫……なのだ。まだ……ソーセージなら食べられるのだ」

ピルンが寝言を言いながら、僕の指を噛もうとする。

「僕の指はソーセージじゃないから」

僕は慌てて自分の指を引く。

ピルンの尖った歯がカチカチと音を立てた。

その音に反応して、キナコが上半身を起こした。

「あ、起きたんだね。おはよう」

「……ああ。とりあえず、朝酒にするか」

キナコはまぶたを肉球でこすりながら、大きくあくびをする。

「いや、朝からお酒は止めようよ。健康によくないし」

僕は頭をかく。

ピルンもキナコも強い冒険者だけど、突っ込みを入れたくなる言動や行動が多いんだよな。

寝袋を片付けていると、聖剣の団のダズルが近づいてきた。

「やっと起きたのか。ヤクモ」

ダズルはにやにやと笑いながら、薄い唇を舐めた。

「うらやましいね。こっちは徹夜だったのに」

「徹夜？」

「そうさ。ドールズ教の神殿を見つけてね。さっき、炎龍の団に報告してきたのさ。ひひっ」

ダズルが自慢げに胸を張る。

「君たちが神殿を見つけたんだ？」

「正確には僕だね。森の中で信者を見つけてさ。後をつけたんだよ。そしたら、岩が積み重なった場所に入り口があったのさ」

「そこが神殿って、どうしてわかったの？」

僕はダズルに質問した。

「信者たちが話してたんだよ。『この洞窟の中に神殿があることを絶対に知られてはいけない』ってね」

「そんなことを話してたんだ」

「ああ。僕は【隠密】の戦闘スキルを持ってるからね。信者たちは近くに隠れていた僕に気づかなかったってわけさ」

ダズルはだらりと舌を出す。

「その後はアルベルたちと合流して、やっとここに戻ってきたんだ」

「それは大変だったね」

「まあね。君たちも信者を捕まえたみたいだけど、僕の手柄に比べたら、いまいちかな」

「うん。神殿を見つけたのはすごいことだと思うよ」

僕がそう言うと、ダズルの口角が吊り上がった。

「感謝するんだね。僕のおかげで神殿探しをしなくてよくなったんだから」

「おいっ、ダズル！」

遠くからアルベルがダズルに声をかけた。

「メルトさんが神殿のある場所まで案内してくれってさ。俺たちが先頭になるらしい」

「わかった。すぐに行くよ」

ダズルは僕の肩を軽く叩く。

「ヤクモ。お前たちのパーティは後ろからついてくるといいよ。どうせ、戦闘でもAランクのキナコ以外は役に立ちそうにないし。ひひっ」

ダズルは甲高い笑い声をあげて去っていった。


一時間後、僕たちはダズルが見つけた洞窟に向かって出発した。巨大な木の幹に緑色の苔が生えた薄暗い森の中を進む。

歩いていると、周囲にいる冒険者たちの声が聞こえてくる。

「意外と早く神殿が見つかったな」

「ああ。これなら明日には町に戻れるかもしれないな」

「聖剣の団の奴らには感謝だな。最近、大きな依頼に失敗したようだが、今回はしっかりと手柄を立てた。さすがだぜ」

「そうだな。あいつらはEランクみたいだが、戦闘スキルを複数持ってるようだし、将来、有望ってところか」

視線を動かすと、先頭にアルベルたちがいるのが見えた。ダズルが隣を歩いているメルトと何かを話している。その表情は自信に満ちあふれていた。


数時間後、僕たちは垂直の崖の下にいた。

目の前には多くの巨岩が積み重なっている。

「あそこです」

ダズルが巨岩を指さした。

「あの岩と岩の間に洞窟の入り口があります」

「わかった。グレッグ！」

メルトは副リーダーのグレッグに声をかける。

「リッケルたちに探らせろ」

「わかりました」

グレッグはBランクの冒険者三人を呼んで、指示を伝える。

三人の冒険者が周囲を警戒しながら、岩と岩の隙間に入っていった。

十分後、炎龍の団の団員が後方にいた僕たちに走り寄った。

「今から、洞窟の中に入ります。準備をしてください」

「神殿があったのか？」

キナコが団員に質問する。

「いえ。それはまだわかりません。ただ、中は相当広いようです。それに信者が使ったテントも見つかりました」

「ならば、神殿がある可能性は高いか」

「はい。なのでメルト様は一気に信者たちを制圧するつもりです」

団員の言葉を聞いて、周囲にいる冒険者たちの表情が引き締まる。

洞窟の中はどうなってるかわからないし、信者の数もわからない。こっちにはSランクのメルトやAランクの冒険者が複数いるけど、用心しておかないとな。

僕は唇を強く結んで、腰に提げた魔喰いの短剣に触れた。

さらに十分後、僕たちは岩と岩の隙間から洞窟に入った。

洞窟の中は空気が冷えていて、青白く発光する苔が周囲を照らしていた。

緩やかな斜面を下りていくと、通路が二つに分かれている。

先頭にいるメルトが指示を出すと、炎龍の団の団員たちが二手に分かれて、通路の中に入っていった。

やっぱり、炎龍の団の団員はしっかりしてるな。動きに無駄がないし、戦闘慣れしているのがわかる。聖剣の団の団員たちも才能ある人たちが多かったけど、それより、全体のレベルが高い。

そんな強い団が仲間だと、安心感があるな。

「全員、左の通路を進むぞ！」

グレッグの声が聞こえて、冒険者たちが動き出した。

一時間以上歩き続けていると、ふいに視界が広がった。

その場所は円形で壁に三十以上の穴が開いていた。

この穴……奥が見えないな。一つ一つを調べていくと時間がかかりそうだ。

「どうやら、ピルンの能力が役に立つ時がきたのだ」

ピルンがカラフルなハンマー――マジカルハンマーを取り出し、地面に立てた。マジカルハンマーがゆらりと傾いて倒れる。

マジカルハンマーの頭の先にある穴をピルンは指さす。

「この穴の先にドールズ教の神殿があるのだ！」

「また、それ？」

僕はため息をついた。

「それって、運で決めてるだけだろ」

「ピルンは運がいいから、大丈夫なのだ」

「まあ、運はよさそうだけど……」

その時――。

ドンと大きな音がして、地面が大きく揺れた。

「なっ、何だ？」

視線を動かすと頭上から岩が落ちてくる。

僕は近くにいたピルンの腕を掴み、岩を避けた。

他の冒険者たちも慌てて岩を避ける。

数十秒後、揺れが収まった。

「アルミーネ、キナコ！」

「私たちは大丈夫だよ」

僕の言葉にアルミーネが反応する。

「でも、入り口が……」

アルミーネが指さした入り口は、無数の岩が積み重なっていた。

「これじゃあ、外に出られないよ」

「運が悪いね。こんなにしっかりと入り口を塞がれるなんて」

「いや……」

キナコが口を開いた。

「この崩れ方はおかしい。入り口を塞ぐために何か仕掛けをしていたのかもしれない」

「それって、ドールズ教の信者が？」

僕の質問にキナコがうなずく。

「どうやら、これは……」

突然、頭上に巨大な半透明の板が現れた。

魔法攻撃かっ！

僕はアルミーネを守るように前に立つ。

周囲にいた冒険者たちも素早く戦闘態勢を取った。

しかし、頭上の板からの攻撃はなかった。

やがて、板に黒いローブを着た白髪の男が映し出された。

男は五十代ぐらいの見た目で、赤黒い首飾りをつけていた。

あの板は映像送信用か。

「ふっ、ふふふっ」

板から男の笑い声が聞こえてきた。

「愚かな冒険者たちよ。罠にかかってくれて感謝する」

「罠だと？」

メルトが板に映る男に向かって叫んだ。

「お前は誰だっ？」

「私はルーガル。ドールズ教の司教だよ」

男——ルーガルは唇の両端を吊り上げた。

「メルトよ。お前に真実を伝えてやろう。この洞窟に神殿などない」

「神殿がないだと？」

「そうだ。お前たちをおびき寄せるために、わざと神殿がここにあるような会話を信者にやらせたのだ。間抜けな冒険者の前でな」

その言葉を聞いて、ダズルの目と口が大きく開いた。

「そして、お前たちはのこのことやってきたわけだ。自分の死に場所とも知らずに」

「舐めるなよっ！」

メルトがルーガルをにらみつける。

「たかが入り口を塞がれただけで、私たちが死ぬとでも思っているのか」

「入り口を塞いだのはお前たちが逃げられぬようにしただけだ」

ルーガルは目を細めて微笑する。

「メルト。お前たち炎龍の団は多くの信者を捕らえ、殺した。その報いを受けてもらう」

「何を言ってる？　お前たちこそ、多くの者を自分の欲のために殺してきた狂信者ではないか！」

「それは私たちの特権だ。ドールズ様が許されているからな。信者以外の者は自由に殺していいと。ふふふっ」

「ぐっ……」

怒りのためか、メルトの体が小刻みに震え出した。

その姿が見えているのか、ルーガルの口角がさらに吊り上がる。

「本当の恐怖はこれから始まる。楽しみにしておくといい」

ルーガルは両手を左右に広げて、胸元で両手の指を奇妙な形に絡ませる。

「邪神ドールズ様、愚かな冒険者たちの命をあなたに捧げましょう」

そう言うと同時に頭上に浮かんでいた板が消えた。

「やられたな」

キナコが白い爪で頭をかいた。

「どうやら、こっちの動きが漏れていたようだ。しかも、ずいぶん前から」

「みたいだね。この仕掛けは速攻で作れるようなものじゃないし」

僕は入り口を塞いでいる積み重なった岩を見る。

炎龍の団はレステ国からドールズ教の信者を捕らえる仕事を多く請け負っていた。そのために狙われたんだろう。ガホンの森に神殿があるという情報を流して、ここにおびき寄せたんだ。

「炎龍の団の実績は認めるが、今回は後手に回ってるな。まあ、お前の元パーティー仲間のミスのせいだが」

キナコは体を震わせているダズルを見つめる。

「この手の罠に引っかかる冒険者は多い。お前も気をつけろよ」

「……うん」

僕は唇を強く噛んだ。

第四章　洞窟の罠

「全員、聞いてくれ！」

メルトが大きな声を出して、冒険者たちを集めた。

「これから、手分けして出口を探すことにする」

「他に出口があるのか？」

Ｃランクの冒険者がメルトに質問した。

「それはわからない。だが、現状は別の出口を探すしかない！」

きっぱりとメルトは言った。

「この洞窟は広くて深い。別の出口が見つかる可能性はある。ただ……」

「ただ、何だ？」

「ルーガルは『本当の恐怖はこれから始まる』と言っていた。他にも罠があると考えたほうがいいだろう」

その言葉に冒険者たちの表情が強張る。

「なので、ランクの低い冒険者のパーティーは炎龍の団の団員といっしょに行動してもらう」

「ああ。そのほうがいいだろう。ＥランクやＦランクの冒険者もいるからな」

「では、パーティーのリーダーはグレッグのところに集まってくれ」

グレッグが右手を上げると、そこにパーティーのリーダーたちが集まっていく。

十分後――。

「私たちはこの四人で行動することになったから」

アルミーネが言った。

「Aランクのキナコがいるし、私もCランクで錬金術師だからね」

「ピルンだって限りなくSランクに近いDランクなのだ」

ピルンが薄い胸を張った。

「ピルンは強いけど、Sランクに近い、は言い過ぎでしょ」

アルミーネはピルンに突っ込みを入れながら、言葉を続ける。

「メルトさんも私たちのパーティーに期待してるみたい。なんとか、出口を探してくれって、頭を下げられたよ」

「出口か……」

僕は三十以上の穴を見回す。

探すのは大変そうだな。でも、やるしかない。食料も水も無限にあるわけじゃないから。

冒険者たちがばらばらに分かれて穴の中に入っていく。

「じゃあ、私たちも動こうか」

アルミーネが右側にある穴を指さした。

穴の中は暗く入り組んでいた。

アルミーネが飴玉のような大きさの球体を魔法のポーチから取り出す。彼女が呪文を唱えると、その球体が浮かび上がり、黄白色に輝いた。

「照明用の魔道具？」

僕の質問にアルミーネがうなずく。

「うん。私が作ったんだ。光が強くて長時間持つから、ダンジョンの探索に役に立つんだよ。売れば金貨一枚以上にはなるしね」

「そんなに高く売れるんだ？」

「まあね。一応、上級の錬金術師ですから」

アルミーネは自慢げに胸を張った。

「うむ。アルミーネはすごいのだ！」

何故かピルンも胸を張った。

「他にもシャワー用の水筒を発明したのだ」

「へーっ。あれってアルミーネが発明したんだ？　聖剣の団でも使ってる人多かったよ」

「そうなのだ。女の冒険者に大人気でピルンも一個もらったのだ。でも、アルミーネはピルンにくれない魔道具もあるのだ」

「んっ？　何をくれないの？」

「胸を大きくする魔道具なのだ。その魔道具があるから、アルミーネの胸は大きいのだ」

「そんな魔道具作ってないからっ！」

アルミーネが顔を赤くして、ピルンの頭を強めに叩いた。

「ううーっ」

ピルンが頬を膨らませる。

「でも、魔道具を使わないと、そんなに大きくならないのだ」

「なるよ！　普通に暮らしててもなるよ！」

アルミーネが胸元を手で隠しながら言った。

「ヤクモくんの前で変なこと言わないで」

「何でヤクモ限定なのだ？」

「……とにかく、胸のことはもういいからっ！」

アルミーネはピルンの手を掴んで、早足で歩き出した。


十分ほど進むと、開けた場所に出た。

そこは鍾乳石の柱がいくつもあり、低い場所に水が溜まっていた。

この水は濁ってるし、飲めそうにないな。

カチャリ――。

金属がぶつかるような音が柱の近くから聞こえた。

「みんなっ！　柱の陰に何かいるよ！」

僕が叫ぶと、すぐに三人は戦闘態勢を取る。

柱の陰から青黒い鎧が見えた。

あれは……アーマーゴーレムか！

アーマーゴーレムは背丈が二メートルを超えていて、胴回りが三メートル以上あった。腕は長く、太い指先が地面に届きそうだ。

普通のアーマーゴーレムじゃない。体が大きいし、鎧に魔法文字が刻まれている。

それに……。

僕はアーマーゴーレムの口の中に赤い宝石が埋め込まれていることに気づいた。

あの宝石……魔族のダグルードが配下にしていた骸骨兵士にも埋め込まれていた。

どうして……いや、今はそんなことを考えてる場合じゃない！

アーマーゴーレムは一体ではなかった。二体……三体……五体……十体。

「ゴゴッ……」

アーマーゴーレムが僕に近づき、太い腕を振り下ろした。

僕は頭を低くして、その攻撃を避ける。アーマーゴーレムの手が地面を叩き、一瞬、周囲の地面が揺れた。

パワーもあるし、スピードもなかなか速いな。

僕は魔喰いの短剣を手に取り、魔力を注ぎ込む。青白い刃が一メートル以上伸びた。

あの宝石が骸骨兵士を強化したものと同じなら、それが弱点でもあるはずだ。

僕は体を低くしてアーマーゴーレムの側面に回り込み、魔喰いの短剣を振る。刃がアーマーゴーレムの足に当たり、浅い傷をつける。

硬いな。この程度の魔力じゃ足を完全に切断できないか。

それなら、宝石を狙う。

キナコとピルンもアーマーゴーレムと戦い始めた。

アルミーネは僕の背後に回りながら、呪文を唱える。

アルミーネの右の瞳に魔法陣が浮かび上がり、黄白色の魔法陣が僕の前にいたアーマーゴーレムの頭上に具現化する。

その魔法陣から雷が落ち、アーマーゴーレムの動きが止まった。

今がチャンスだ！

僕は左足を大きく踏み出し、魔喰いの短剣を突き出す。先端が赤い宝石に当たる寸前、その宝石を守るように口が閉じた。

キンと金属音が響く。

くっ、それで口の中に宝石を埋め込んでいたのかっ！

僕は唇を強く噛んで、アーマーゴーレムから距離を取る。

雷の魔法の効果が切れたのか、また、アーマーゴーレムが動き出す。

「まずいのだ！」

ピルンが僕の背中に背中を当てた。

「このアーマーゴーレムは硬くて重いのだ。マジカルハンマーでも倒すのに時間がかかってしまうのだ」

「足を狙え！」

キナコが叫んだ。

「こいつは頑丈だ。ならば動けなくすればいい！」

「了解なのだ！」

ピルンの紫色の瞳が輝き、瞳孔が縦に細くなった。

「狂戦士モード発動なのだーっ！」

ピルンはアーマーゴーレムに駆け寄り、腰を捻りながらマジカルハンマーを振った。巨大化したハンマーがアーマーゴーレムの足に当たり、ヒザの部分ががくりと折れる。

アーマーゴーレムの巨体が傾き、横倒しになった。

それなら僕は魔法のポケットに収納している特別な紙を使って……。

「『粘着網《ねんちゃくもう》』！」

粘着性のある紙の網が具現化し、三体のアーマーゴーレムの動きを拘束する。

「それでいい！」

キナコが動けなくなったアーマーゴーレムに近づき、高くジャンプした。くるりと体を反転させて、肉球でアーマーゴーレムの顔を叩く。

ガラスが割れるような音とともに閉じていた口が開き、砕けた宝石の欠片が地面に落ちる。

「ゴ……ゴゴ……」

アーマーゴーレムは仰向けに倒れて動かなくなった。

やっぱり、宝石が弱点か。

素早く視線を動かすと、アルミーネに近づくアーマーゴーレムが見えた。

そうはさせない！

僕は一気にアーマーゴーレムに近づき、さっきの二倍の魔力を魔喰いの短剣に注ぎ込む。刃の輝きが増し、形が三日月のように変化する。

「これでどうだっ！」

僕は具現化した紙の足場に飛び乗り、力を込めて魔喰いの短剣を振る。

アーマーゴーレムの頭部が半分に斬れ、口の中にあった宝石が砕ける。

よし！　これならいける！

僕は正面から近づいてくるアーマーゴーレムに突っ込んだ。


数分後、全てのアーマーゴーレムを倒して、僕は深く息を吐き出す。

強いモンスターだった。一発でもパンチを食らえば、体の骨が砕けて死んでいたな。

「ドールズ教の信者がアーマーゴーレムを配置したんだろう」

キナコが砕けた宝石の欠片を手に取る。

「パワーとスピードを強化する効果がありそうだな。それにこの宝石で敵の動きを探知することもできるようだ」

「それで通常は口を開いて戦っていたってことか」

「ああ。口を閉じたアーマーゴーレムの反応が少しだけ遅れていたからな」

「キナコ。この宝石、ダグルードが骸骨兵士を強化してた宝石と似てるね」

「……ああ。もしかしたら、狂信者どもは魔族と関わってるのかもしれん」

キナコの牙がカチリと音を立てる。

「これは、一度戻ったほうがよさそうね」

アルミーネが言った。

「アーマーゴーレムの情報は伝えておいたほうがいいと思う」

「そうだね。他の場所にも配置されているかもしれないし」

僕は動かなくなったアーマーゴーレムを見つめた。


穴がたくさんある円形の場所に戻った僕たちは、メルトにアーマーゴーレムのことを伝えた。

「お前たちもか」

メルトは険しい表情でそう言った。

「他にも、アーマーゴーレムに襲われたパーティーがいるんですか？」

「ああ。三つのパーティーが遭遇して、五人の冒険者が犠牲になった」

「五人も……」

　僕の口から漏れた声が掠れる。

「とりあえず、全てのパーティーに遠話の魔道具でここに戻るように伝えている」

「そのほうがいいだろう」

　キナコが言った。

「この洞窟にいるアーマーゴーレムは魔族が使う宝石で強化されている。正直、Dランク以下の冒険者では勝てないと思うぞ」

「……そうだな」

　メルトはじっとキナコを見つめる。

「キナコ、この状況をどう見る？」

「魔族が潜んでいる可能性が高いだろうな」

「やはり、そう思うか」

「ああ。特別な宝石でモンスターを強化するやり方は魔族がよくやる手だ。もしかしたら、この洞窟の中に魔族がいるかもしれんぞ」

　その言葉を聞いて、周囲にいた炎龍の団の団員たちの顔が青ざめる。

「アーマーゴーレムだけじゃなく、魔族もいるのか」

「まだ、魔族がいると決まったわけじゃない」

「だが、これだけ、アーマーゴーレムがいるのは魔族とドールズ教の信者たちが結託しているからじゃないのか?」

「それは……」

「落ち着けっ!」

　メルトが張りのある声を出した。

「仮に魔族がいたとしても、私が倒してやる。それにここには『魔族殺しのキナコ』もいるんだからな」

　その言葉に団員たちの表情が少しだけ和らいだ。

「メルト様」

　炎龍の団の副リーダー、グレッグがメルトに歩み寄った。

「こうなると、戦闘力の高い者だけで出口を探したほうがいいでしょう。魔族がいなくても、強化されたアーマーゴーレムは危険ですから」

「ああ。それと、アーマーゴーレムがいた場所を地図に描き込んでおいてくれ。その先に出口があるかもしれない」

「そうですね。その可能性はあると私も考えます」

　グレッグはアゴに手を当てる。

「そうなると、戦闘力が高い者を集めて、アーマーゴーレムを倒すパーティーを作ってもよさそうですね。リッケルたちなら、なんとかするでしょう」

「そのパーティーに私も入るぞ」

「メルト様もですか？」

グレッグが驚いた声を出した。

「しかし、それでは全体の指揮が……」

「それはお前にまかせる」

メルトはグレッグの肩を叩く。

「お前なら、私より上手く指揮を取ってくれるだろう」

「……はぁ。まあ、メルト様なら、アーマーゴーレムなど、楽に倒せるでしょうが」

その時、Ｆランクのテトが穴から姿を見せた。

テトの顔は青ざめていて、上着の一部に血がついていた。

「たっ、大変だよ。リッケルさんが……」

テトは僕たちの前で転んだ。

「おいっ！　リッケルがどうしたんだ？」

メルトがテトに駆け寄った。

「りっ、リッケルさんがアーマーゴーレムに殺されたんだ！」

テトは声を震わせながら言った。

「はぁっ？　リッケルはＢランクだぞ。どうしてやられたんだ」

「突然、アーマーゴーレムに僕たちのパーティーが襲われたんだ。それでばらばらになって、僕といっしょにいたリッケルさんがやられちゃって」

「バカな……」

メルトのこぶしが小刻みに震え出す。

「場所はどこだ？　案内しろ！」

「う、うん」

テトは慌てて起き上がり、穴に向かって走り出す。

テトと炎龍の団の団員がその後を追う。

「僕たちも行こう」

僕は仲間たちといっしょに走り出した。


十分ほど入り組んだ通路を進むと、先頭を歩いていたテトの足が止まった。

「あれ？　ここでリッケルさんが殺されたんだけど……」

「おいっ！　何もないぞ」

メルトが視線を動かす。

「メルト様！」

近くにいた団員が口を開いた。

「この下に……リッケルがいます」

団員は震える手で深い穴を指さした。

僕たちは穴に近づき、下を覗き込む。

頭部から血を流して倒れているリッケルが見えた。

アーマーゴーレムに投げ込まれたのか？

僕は唇を強く噛む。

「リッケルさんはアーマーゴーレムの攻撃を避け損なったんだ」

隣にいたテトの声が耳に届いた。

「すごく大きいのにスピードが速くて……」

「……リッケル」

メルトの瞳が揺らいだ。

「お前……生まれたばかりの子供がいるのに、何をやってるんだ」

その言葉を聞いて、周囲にいた団員たちがすすり泣く。

僕はまぶたを閉じて、呼吸を整える。

Bランクの冒険者でも、ちょっとしたミスが命取りになる。アーマーゴーレムのパワーはオーガ以上だから、なおさらだ。

その時、通路の奥からライザが姿を見せた。その隣には炎龍の団の団員もいる。

「ライザっ！」

テトがライザに走り寄った。

「よかった。逃げられたんだね」

「うん。でも、炎龍の団の団員がアーマーゴーレムに殺されて……」

「ジムとタッカスがやられました」

ライザの隣にいた団員が小さな声で言った。

「ぐっ……」

メルトはまぶたを強く閉じて、天を仰いだ。


その後、僕たちは穴がたくさんある円形の場所に戻った。

他のパーティーも戻ってきて、全員で今後のことを話し合うことになった。

「まずは被害状況から伝える」

副リーダーのグレッグが口を開く。

「アーマーゴーレムに殺された者は十三人、四人が行方不明になっている」

「行方不明って何だよ？」

アルベルが質問した。

「連絡が取れなくなっているということだ。その四人はパーティーだから、多分全員殺されたんだろう」

グレッグの言葉に冒険者たちの顔が強張る。

「現在、ここには九十二人の冒険者がいる。その中でランクが高い者を選び、新たにパーティーを組む。そのパーティーでアーマーゴーレムを倒していくのが大まかな作戦だ」

「俺もそのパーティーに入れるのか？」

「……君はダメだ。Eランクだからな」

　グレッグはきっぱりと答えた。

「新しいパーティーはCランク以上の者で組む。残りはそのサポートだ。無意味に死なせるわけにはいかないからな」

「待ってくれ！」

　アルベルはグレッグの前に立った。

「俺はEランクだが、戦闘スキルを三つも持ってるんだ。だから、実力はCランク以上はあるはずだ」

「ダメだ！　今回、例外は二人だけと決めているからな」

「例外？」

「ああ。Dランクで狂戦士のピルンとEランクのヤクモだけは新たに組むパーティーに入ってもらう」

「ヤクモが？」

　アルベルは驚いた顔で僕を見た。

「どうして、ヤクモが例外になるんだよ？」

「Aランクのキナコがヤクモを推薦したからだ」

　グレッグが言った。

「それにヤクモはキナコたちといっしょにアーマーゴーレムを十体も倒している。ならば問題ないだろう」

「それは魔族殺しのキナコがパーティーの中にいたからだろ！」

アルベルは茶色の眉を吊り上げる。

「俺のほうがヤクモより戦闘力が上なんだ！」

「そうよ」とカミラが言った。

「私だって、Cランクの魔道師レベルぐらいの魔法は使えるから」

ダズルも口を開く。

「ヤクモは紙を具現化することしかできないんだ。そんな奴より、複数の戦闘スキルを持ってる僕たちを新しいパーティーに入れるべきだよ」

「……君たちは聖剣の団の新人だったたな？」

グレッグの質問にアルベルたちがうなずく。

「そうか。ならば、君たちに才能があるのは間違いないだろう。だが、今回はサポートに回ってもらう」

「何でだよっ！」

アルベルが荒い声を出した。

「俺たちはヤクモより実力があるって言ってるだろ！」

「そうかもしれんが、君たちには欠点があるからな」

「欠点？」

「そうだ。君たちは自信過剰で手柄を上げたいと思う気持ちが強すぎる」

「自信過剰だとっ！」

「ああ。そういう者はミスを起こす可能性が高い」

「俺たちはミスなんてしない！」

「そうか？　洞窟の罠にかかった原因の一つは君の仲間がニセの情報を伝えたからだと思っているのだが」

その言葉にダズルの顔が歪んだ。

「とにかく、君たちはサポートの仕事をしっかりとやってもらいたい。そっちも重要だぞ」

「……ちっ！」

アルベルは舌打ちをしてグレッグに背を向けた。


アルベルたちは相変わらずだな。

僕はため息をついた。

三人とも才能があって、戦闘力が高いのは間違いない。

でも、パーティーでの戦い方はいまいちだ。ただ、目の前の敵を倒そうとするだけで、戦況の確認もできていない。

アルベルたちは不満だろうけど、グレッグの判断は正しいと思う。

アーマーゴーレムとの戦いは、一瞬のミスが命取りになるんだから。

僕は穴の中で死んでいたリッケルの姿を思い出した。

一時間の休憩の後、僕たちはアーマーゴーレムを倒すために動きだした。

パーティーのメンバーは、僕、アルミーネ、ピルン、キナコ、メルト、そして炎龍の団の団員が六人、それ以外の冒険者が三人の十四人編成になった。

数十分ほど進むと、開けた場所に出た。

その場所は大きな岩が転がっていて、左右の壁から白く輝く水晶が突き出ていた。

数十メートル先にアーマーゴーレムが四体いるのを見て、メルトのオレンジ色のしっぽが逆立った。

「……四体か。ならば、お前たちは手を出さなくていいぞ」

メルトは腰に提げていた二つの短剣を手に取った。その短剣の刃が赤く輝いている。

火属性の魔法剣か。柄の部分に太陽石を埋め込んで、魔力を増幅してる。相当高価な武器だな。

メルトは真っ直ぐアーマーゴーレムに近づいていく。

「ゴ……ゴゴ……」

四体のアーマーゴーレムがメルトに気づいた。

先頭にいたアーマーゴーレムが巨体を揺らして、メルトに駆け寄る。太くて長い腕が斜めに振り下ろされた。

メルトはその攻撃を左手の短剣で受けた。

ドンと大きな音がして、メルトの両足が地面にめり込む。

僕は口を半開きにして、メルトを凝視する。

アーマーゴーレムの攻撃を片手で止められるのか……。

「この程度か」

メルトはダークグリーンの目でアーマーゴーレムをにらみつける。

「リッケル……ジム……タッカス……。霊界から見ていろ。お前たちを殺したアーマーゴーレムが無惨に壊れるところを！」

「ゴゴ……」

アーマーゴーレムは左手を開いた。手のひらに開いた穴から紫色に輝く光球が発射される。

「遅いっ！」

メルトは首を捻って光球をかわし、伸びたアーマーゴーレムの腕を関節部分から斬った。

「ゴ……ゴゴ……」

アーマーゴーレムは逆の手でメルトを叩き潰そうとする。メルトは素早く下がって、その攻撃を避けた。

アーマーゴーレムの手が地面にぶつかり、小石が飛び散る。

メルトはその手に飛び乗り、左手の短剣でアーマーゴーレムの口の中にある赤い宝石を狙った。

アーマーゴーレムの口が閉じたが、メルトは攻撃を止めなかった。そのまま、短剣を突き出す。

赤く輝く刃がアーマーゴーレムの口を貫いた。

ガラスが割れるような音とともにアーマーゴーレムの巨体が倒れる。

左右から二体のアーマーゴーレムがメルトに攻撃を仕掛けた。

「今度は二体か……」

メルトは両足を軽く開いて、不敵な笑みを浮かべた。メルトの黒色のブーツの先端から青白い刃が突き出た。

「痛覚がなくてよかったなっ！」

メルトはアーマーゴーレムの腕を避けながら、蹴りを放つ。青白い刃がアーマーゴーレムの手首を斬った。

金属音とともに太い手が地面に落ちる。

「まだまだっ！」

メルトは右足の刃でアーマーゴーレムの足を斬り、さらに左右の短剣で鎧を斬る。

二体のアーマーゴーレムがバランスを崩して倒れた。

メルトは倒れたアーマーゴーレムの口に短剣を突っ込み、赤い宝石を割った。

「ゴオオオッ！」

最後の一体のアーマーゴーレムがメルトに突っ込んでくる。

メルトはぐっと腰を落とし、唇を強く結ぶ。

メルトの体が一瞬でアーマーゴーレムの背後に移動する。

「『烈風千撃《れつぷうせんげき》』！」

アーマーゴーレムが振り向いた瞬間、メルトの体が竜巻のように回転した。

赤色と青色の刃がアーマーゴーレムの体を細切れにする。

「強い……」

僕は半開きになっていた唇を動かした。

アーマーゴーレム四体を一分もかからずに倒してしまった。

しかも、最後の技は剣筋が見えなかった。あれを避けることができる者は、ほとんどいないだろう。

「さすが四刀流のメルトだな」

キナコが胸元で腕を組む。

「パワーとスピードが圧倒的な上に攻撃も変則的で避けにくい。戦う側からしたら、やっかいな相手だろう」

「そうだね。もし、相手が人族なら、最初の一撃を避け損なっただけで勝負がつくし」

僕は細切れになった青黒い鎧を見つめる。

十二英雄のシルフィールは魔法戦士で、攻撃魔法と武器で戦っていた。メルトは攻撃魔法を使わずに、基礎魔力を身体強化に回しているのだろう。【腕力強化】や【スピード強化】の戦闘スキルも持っているはずだ。

やっぱり、Sランクは違うな。

「よし！　次の場所に移動するぞ」

メルトは地図を見ながら言った。

「まずは全てのアーマーゴーレムを私たちが倒す。その後に出口探しだ！」

「メルト様」

炎龍の団の団員の男がメルトに近づいた。

「次は俺にやらせてください。リッケルは俺のダチでしたから」

「……そうだったな。チャド」

メルトは男――チャドの肩に触れる。

「わかった。次のアーマーゴーレムはお前たちに譲ろう。ただ、油断はするなよ。奴らの攻撃を避け損なったら、死ぬと考えておけ」

「ええ。すぐに死んだら、霊界でリッケルに何て言われるかわかりませんからね。絶対に死ねませんよ」

チャドの言葉に背後にいた他の団員たちも大きくうなずいた。


その後、僕たちは次々とアーマーゴーレムを倒し続けた。

ランクの高い冒険者を選別しただけあって、僕たちが不利になった戦いはなかった。

炎龍の団の団員の連携は完璧だったし、他の冒険者たちも強い。

僕も魔喰いの短剣メインで戦って、【紙使い】のスキルはほとんど使わなかった。

休憩中、左右の壁が広がった通路でメルトが僕に声をかけた。

「ヤクモ、さっき、君がアーマーゴーレムを倒した短剣を見せてくれないか?」

「あ、これですか」

僕はメルトに魔喰いの短剣を渡した。

その短剣の刃をメルトはじっと見つめる。

「……なるほど。魔力を注ぎ込んで威力を上げる短剣か」

「はい。アルミーネが作った武器です」

僕はピルンといっしょに水を飲んでいるアルミーネを指さす。

「すごく使い勝手がいい武器で助かってます」

「だが、この武器、大量の魔力が必要だな」

メルトの持っている魔喰いの短剣の刃が数センチ伸びる。

「君は【魔力強化】の戦闘スキルを持っているのか?」

「……いえ、ユニークスキルの【魔力極大】です」

僕は正直に答えた。

「はぁ?　【魔力極大】?」

メルトのダークグリーンの目が丸くなった。

「【魔力極大】は伝説の大魔道師カイトが持ってたユニークスキルじゃないか?」

「はい。アルミーネが水晶玉で鑑定してくれたから間違いないです」

「では、君の基礎魔力はいくつなんだ？」

「……730万マナです」

「なっ……730万っ？」

メルトは僕に顔を近づける。

「常人の三千倍以上ではないか」

「ええ。だから、魔喰いの短剣との相性がいいんです。大量の魔力を使えるから」

「そう……だろうな。それに高位の攻撃魔法を連打することもできる」

「それは無理です」

僕は首を左右に振った。

「僕のもう一つのユニークスキル【紙使い】の影響で、通常の魔法を使う時に悪影響が出るんです。詠唱も時間がかかるし、威力も大きく減るから」

「そうか……んっ、もう一つのユニークスキル？」

「はい。僕は二つのユニークスキルを持ってるんです」

「そんな人族がいるとは聞いたことがないが……君がウソをついているようには見えんしな」

メルトは頭をかく。

「キナコが君を認めている理由がわかったよ」

「メルト様！」

女の団員がメルトに駆け寄った。

「グレッグ様より遠話で連絡が入りました。拠点がアーマーゴーレムに襲われているようです」

「なんだとっ！」

メルトの声が大きくなった。

「戦況は？」

「最初はアーマーゴーレムの数が少なく、なんとか撃退していたのですが、今は数が多く苦戦しているようです」

「わかった。全員、戻るぞ！」

僕たちは休憩を中止して、走り出した。


多くの穴が開いている円形の場所に戻ると、冒険者たちが三十体以上のアーマーゴーレムと戦っていた。

「全員でアーマーゴーレムを倒すぞ！」

メルトが叫ぶと、僕の周りにいた団員たちが気合の声をあげる。

視線を動かすと、アーマーゴーレムと戦っているアルベルたちの姿が見えた。

アルベルはロングソードを振り回しているが、アーマーゴーレムにダメージを与えていない。

僕は魔喰いの短剣を握り締め、アーマーゴーレムに突っ込んだ。

アーマーゴーレムは手のひらをアルベルに向ける。

光球を発射するつもりか。

僕は意識を集中する。

「『魔防壁強度七』！」

アルベルの前に金属の性質を持つ紙の壁が現れた。その壁がアーマーゴーレムから発射された紫色の光球を弾いた。

「ゴ……ゴゴ……」

アーマーゴーレムは右手を大きく振り上げる。

その前にっ！

僕は側面からアーマーゴーレムに近づき、魔喰いの短剣を突き出した。

青白い刃が長く伸び、その先端が釣り針のように曲がる。尖った先端がアーマーゴーレムの口の中に入り、赤い宝石を砕いた。

「ゴッ……」

アーマーゴーレムは前のめりに倒れる。

「あ……」

アルベルたちは、ぽかんと口を開けて僕を見つめる。

三人とも……ケガはしてないみたいだな。

周囲を見回すと、十体のアーマーゴーレムたちが一斉にメルトに襲い掛かった。長い腕を振り回し、メルトを壁際に追い詰める。

んっ？　メルトを狙っているのか。

それなら――。

僕はアルベルたちから離れて、メルトを狙っているアーマーゴーレムに突っ込んだ。

アーマーゴーレムは後ろから近づく僕に気づいていない。

僕は意識を集中させて、魔喰いの短剣に大量の魔力を注ぎ込む。青白い刃の先端が針のように細くなった。その刃を力を込めて突き出す。

尖った刃がアーマーゴーレムの後頭部と首の間の小さな隙間に入り込む。

ガラスの割れるような音とともに、赤い宝石の欠片が地面に落ちる。

アーマーゴーレムが倒れると、周囲にいた他のアーマーゴーレムたちの視線が僕に向いた。

「いいぞ、ヤクモ！」

メルトは倒れたアーマーゴーレムの体を足場にして高くジャンプした。腰を大きく捻って、青白い刃が突き出た右足で蹴りを放つ。

アーマーゴーレムの口の部分が斬れ、宝石が砕ける音がした。

地面に着地したメルトに別の二体のアーマーゴーレムが襲い掛かる。

「ヤクモ、一体はまかせる！」

「わかりました！」

メルトに返事をしながら、僕は右にいたアーマーゴーレムの前に数十枚の紙を具現化した。

アーマーゴーレムは僕の姿を見失って、動きを止める。

僕は意識を集中させて、宙に浮かんだ紙を一枚だけずらす。

数センチの隙間ができて、そこにアーマーゴーレムの口が見えた。その隙間めがけて、魔喰いの短剣を突き出した。尖った先端が赤い宝石を砕いた。

視線を動かすと、メルトも左にいたアーマーゴーレムを倒していた。

「メルト様！」

グレッグがメルトに走り寄った。

「助かりました。これで、こっちが攻めに転じることができます」

「ああ。一気にアーマーゴーレムを全滅させるぞ！」

「おおーっ！」

炎龍の団の団員たちが声をあげた。


最後の一体のアーマーゴーレムをメルトが倒すと、周囲にいた冒険者たちが息を吐き出した。

僕も額に浮かんだ汗をぬぐって、荒い呼吸を整える。

なんとか倒せたけど、犠牲者も十人以上出たか。

僕は倒れている冒険者たちを見て、唇を強く噛む。

「ヤクモ」

Dランクのライザが近づいてきた。

「あなた、強いのね。一人で何体もアーマーゴーレムを倒してたでしょ」

「何度も戦ってアーマーゴーレムの動きがわかってきたから」

「アーマーゴーレムの動き？」

「うん。腕の攻撃範囲とか、光球を発射する前の手の動きとか、いつも同じだから。集団での連携のパターンも同じだよ。ただ……」

僕はグレッグと話しているメルトを見る。

「十体のアーマーゴーレムが一斉にメルトさんを狙ったんだ。今まで、そんな動きをしたことがなかったのに」

「それって、メルトさんがリーダーってわかってたってこと？」

「うん。そんな気がする」

「もし、そうなら……」

ライザの眉間にしわが寄る。

「ドールズ教の信者が近くにいて、アーマーゴーレムに指示を出していたんじゃないの？」

「その可能性は高いと思うよ」

僕は穴が開いた壁に視線を向ける。

穴の数は三十以上あるし、隠れて指示をすることはできるか。

僕は唇を噛んで、アーマーゴーレムの死体を見つめる。

アーマーゴーレムがリーダーであるメルトを狙う動きをしたのは事実だ。それまでは近くにいた冒険者を狙う戦い方をしていたのに……んっ？

「どうかしたの？　変な顔して」

ライザが僕の顔を覗き込んだ。

「……いや、ちょっと気になることがあって」

「全員、聞いてくれ！」

メルトが声をあげて、みんなを集めた。

「アーマーゴーレムの襲撃で十二人の犠牲者が出て、私たちの数は八十人になった。これ以上、犠牲者を出すことはできないので、全員で行動する」

「全員で出口を探すんですか？」

ライザが質問する。

「そうだ。効率が悪くなるが仕方ない」

メルトは壁際に並べられた冒険者たちの死体を見つめる。

「今から休憩を二時間取る。その後に出発だ。全員、準備をしておいてくれ」

メルトが離れると、冒険者たちが小さな声で話し始めた。

「後手に回ってるな」

「ああ。アーマーゴーレムがここを攻めてくるのは予想外だったんだろう」

「だが、犠牲は最小限に抑えられていると思うぞ。Sランクのメルトがいなかったら、俺たちは、とっくに全滅していただろう」

「でも、このままじゃ、どっちにしても全滅だわ」

「そうだな。出口が見つからなければ、食料がなくなって餓死することになる。水は地底湖があるからなんとかなるが……」

　その言葉に冒険者たちの表情が暗くなる。

「ヤクモっ！」

　ピルンが僕に駆け寄った。

「休憩だから、いっしょに寝るのだ」

「いや、その前に、ピルンにお願いがあるんだ」

「わかったのだ」

　ピルンは唇をすぼめて、僕に顔を近づける。

「こんな時にちゅーしたいなんて、ヤクモは大胆なのだ」

「いや、キスじゃないよ」

　僕はピルンに突っ込みを入れながら、彼女の耳に口を寄せた。

◇　◇　◇

　メルトはグレッグと会話をしていた。

「出口がありそうなのは地底湖があった場所だな。上部に裂け目も見えた」

「そう……ですね」

　グレッグは地図を見つめる。

「たしかにこの辺りは調べていない通路も多くあります。それに靴跡もありましたし」

「ドールズ教の信者の靴跡の可能性があるか」

「はい。そして信者がいるのなら……」

「出口もあるか」

メルトはオレンジ色の髪に触れながら考え込む。

「……よし！　まずは地底湖を目指す。全員に伝えておいてくれ」

「わかりました」

グレッグが離れると、キナコがメルトに声をかけた。

「メルト、一応、伝えておくぞ。俺たちのパーティーのヤクモとピルンは別行動している」

「別行動？」

メルトは首をかしげる。

「どういうことだ？」

「前に倒したアーマーゴーレムが気になるので調べたいと言ってたな」

キナコは白い爪で頭をかく。

「まあ、あの二人なら問題ない。アルミーネが遠話の魔道具も渡しているから、離れていても連絡は取れる。後から合流できるだろう」

「……そうか。たしかにヤクモは強かったからな。Bランク程度の力はあるようだ」

「Bランク程度か」

キナコはふっと笑った。

「お前もヤクモをわかってないな」

「わかってない？」

「そうだ。ヤクモの強さはSランク……いや、もしかしたら、十二英雄レベルかもしれない」

「……ほぉ。『魔族殺しのキナコ』が、そこまでヤクモを認めているとはな」

メルトは自分の腰ほどしかないキナコを見つめる。

「しかし、それなら、Aランクのお前よりもヤクモが上になるぞ」

「もう、そうなっているかもしれん。単純な白兵戦なら俺のほうが上だが、ヤクモは紙が使えるからな」

「たしかにヤクモは紙を目くらましに使って、アーマーゴーレムを倒していたな。あの技は見事だった」

メルトは頭をかいた。

「まあ、強い者が仲間にいるのは有り難い。まだ、多くのアーマーゴーレムがいるかもしれないからな」

「……そうだな」

キナコは休憩を取っている冒険者たちを見回した。

二時間後、メルトたちは地底湖を目指して移動を開始した。

七十八名の冒険者たちは入り組んだ細い通路を進む。

開けた場所に出ると、先頭を歩いていたメルトが足を止めた。

「……どういうことだ?」

「どうしたんですか?」

隣にいたグレッグがメルトに質問する。

「気づいていないのか。囲まれているぞ」

「ゴ……ゴゴ……」

岩陰から五十体以上のアーマーゴーレムが現れた。

「ばっ、バカな。この場所にはアーマーゴーレムなどいなかったはずだ」

グレッグの声が掠れた。

アーマーゴーレムはメルトたちの背後にも回り込み、逃げ道を塞ぐ。

「そうか。こっちの動きを読んで、この場所にアーマーゴーレムを集めていたんだな」

メルトが両手に持った短剣を握り締める。

「メルト様……」

不安げな表情を浮かべた団員の両足ががくがくと震え出した。

「恐れるなっ!」

メルトが叫んだ。

「これは好機だ!　ここでアーマーゴーレムを全滅させるぞ!　全員、全ての力を絞り出せ!」

冒険者たちとアーマーゴーレムの戦いが始まった。

アーマーゴーレムが長い腕を振り回し、冒険者たちをなぎ倒す。

数分で十人以上の冒険者が殺された。

しかし、冒険者たちも七体のアーマーゴーレムを倒す。

メルトの背中に冷たい汗が滲んだ。

――まずい。アーマーゴーレムの数が多すぎる。このままではこっちが全滅する。

「メルトっ！」

キナコがメルトに駆け寄った。

「俺とお前で右側のアーマーゴーレムを倒すぞ」

「右側？」

「そうだ。壁を利用して守りの陣を敷くんだ」

「しかし、アーマーゴーレムの突進は陣では止められないぞ？」

「いいからやれ！　全員を右に集めるんだ！」

「わかった」

メルトは右側にいるアーマーゴーレムを倒しながら、冒険者たちに指示をする。

全員が壁際に移動すると同時に、アルミーネが呪文を唱えた。

空中に巨大な魔法陣が現れ、その魔法陣から黒い霧が出る。霧はアーマーゴーレムたちの体を包み、その動きが鈍くなった。

「今のうちにこいつらを倒すぞ！」

キナコがアーマーゴーレムに突っ込み、肉球で頭部を叩く。閉じた口の中で宝石が割れた音がして、アーマーゴーレムの巨体が倒れる。

他の冒険者たちも守りから攻撃に転じた。

動きが鈍くなったアーマーゴーレムが次々と倒される。

「ゴ……ゴゴ……」

五体のアーマーゴーレムがキナコを取り囲んだ。

「今度は俺か」

キナコは白い牙を鳴らした。

「強者を狙う手は悪くないが、少し遅かったようだな」

弧を描いて飛んできた紙の手裏剣がキナコの正面にいたアーマーゴーレムの口の中に入った。

甲高い音がして、赤い宝石が割れる。

「ゴッ……ゴ……」

アーマーゴーレムが倒れた。

「これでなんとかなりそうだな」

キナコは走ってくるヤクモとピルンを見て、にやりと笑った。

◇　◇　◇

全てのアーマーゴーレムを倒すと、冒険者たちはその場に座り込んだ。

僕はアルミーネに声をかける。

「アルミーネ、ケガはない？」

「なんとかね」

アルミーネはふっと息を吐き出した。

「ただ、三十人以上やられちゃったけど」

「……そっか」

僕は周囲に倒れている冒険者を見回す。

もう少し早く合流していれば、犠牲者の数を減らせたかもしれないのに。

「ヤクモ」

キナコが僕の太股を叩いた。

「お前の読みは間違ってなかったぞ」

「じゃあ……」

僕は片膝をついて、キナコと話をする。

「ヤクモ、助かったぞ」

メルトが額の汗をぬぐいながら、僕に近づいてきた。

「お前とお前の仲間のおかげで全滅をまぬがれた。感謝する」

「いえ。こっちこそ別行動を取ってすみませんでした」

「前に倒したアーマーゴーレムを調べに行ったらしいな。何かわかったか？」

「いえ、それはウソです」

「はっ？　ウソ？」

メルトがぱちぱちとまぶたを動かす。

「しかし、キナコがそう言ってたぞ」

「僕がキナコに頼んだんです。本当の目的が漏れたら、ドールズ教の信者に逃げられるかもしれないから」

「ドールズ教の信者？　信者が近くにいるのか？」

「はい。冒険者の中にいます」

「……はぁ？　冒険者の中に信者がいるって言うのか？」

メルトの声を聞いて、周囲にいた冒険者たちが集まってきた。

「何を言ってる？」

グレッグが眉を吊り上げて、僕に歩み寄った。

「そんなことあるわけがない！　俺たちは何度もアーマーゴーレムに襲われて、死にかけてるんだぞ」

「だから、みんな考えなかったんです。冒険者の中に信者がいることを」

僕は冒険者たちを見回す。

「でも、信者がいれば、リーダーであるメルトさんを集中して狙うような指示をアーマーゴーレムに出せるるし、ここで待ち伏せすることもできます。地底湖に向かうことは、みんなが知ってたから」

「……誰が信者なんだ？」

「それは……」

僕はいびつな杖を持った少年に視線を向ける。

「君だよね？　テト」

「……え？」

テトがぽかんと口を開けた。

「僕がドールズ教の信者？　な、何言ってるの？」

テトは目を丸くして、後ずさりする。

「そんなことあるわけないだろ」

「そうだよ！」

ライザが口を開いた。

「テトはＦランクの冒険者で、まだ十五歳なんだよ」

「それは君がテトから聞いた情報だろ」

僕はテトから視線を外さずに言葉を続ける。

「強く見せるのは難しいけど、Fランクのふりをするのは誰にでもできるからね。わざと攻撃をミスしたり、転んだりして」

「あ……」

ライザは大きく開いた口に手を当てる。

全員の視線がテトに集中する。

「ま、待ってよ！」

テトの頬がぴくぴくと動く。

「どうして、そんなこと言うんだよ。ヤクモ」

「君が信者だと確信してるからだよ。リッケルさんの死体を確認してきたからね」

「リッケルの死体？」

メルトが視線を僕に向ける。

「はい。気になることがあったから」

「気になることとは何だ？」

「アーマーゴーレムがリッケルさんを穴に投げ込んだことです。そんなこと、やる意味がないですよね？　他の冒険者の死体はそのままにしてるのに」

「意味か……」

メルトは青ざめた顔をしたテトを見る。

「だから、僕は紙の足場を使って穴の中に入ったんです。そしてリッケルさんの死体を調べたら、背中に刃物の傷口がありました」

「それは……」

テトの言葉が途切れた。

「アーマーゴーレムの行動のことは僕にはわからないけど、傷口は穴に落とされた時に鋭い岩か何かにぶつかったせいじゃないかな」

「それはないよ。傷の厚みは均等だったし、少し皮膚が焼けてたから。あれは火属性の武器で傷つけられた時の特徴だよね」

「じゃあ、僕じゃないよ。僕の武器は杖だから」

テトは引きつった笑みを浮かべて、持っていた杖を僕に見せる。

「そうだね。でも、魔法のポーチの中に火属性の短剣を隠し持っている可能性はあるんじゃないかな？」

僕はテトの腰に提げているポーチを指さす。

「それにリッケルさんの傷口は見覚えがあったんだ」

「見覚えって？」

「森の中で見つけたラックスさんの死体の傷と同じだと思ってさ。あの時、君も近くにいたよね？」

「僕がラックスさんも殺したって言いたいの？」

「その可能性は高いと思うよ。君はライザとパーティーを組んでたけど、別行動をしてたみたいだし、ラックスさんを殺すチャンスはあったんじゃないかな」

「そっ、そんなの君の想像じゃないか」

テトの声が微かに震えた。

「そんなことで信者扱いされるなんて、ありえないよ」

「それだけじゃないぞ」

キナコが口を開いた。

「ヤクモから、お前を見ていてくれと頼まれてな。さっきの戦いの時も、お前の行動をチェックしていた」

「僕の行動?」

「ああ。お前は氷の矢の魔法をアーマーゴーレムの胸の真ん中に何度も当てていた。全く効かない魔法をな」

「それは僕がFランクだから」

テトは自身のベルトにはめ込んだ白色のプレートに触れる。

「魔法が弱いのは仕方ないじゃないか」

「……ほう。ならば、アーマーゴーレムが一度もお前を攻撃していなかったのは何故だ? 俺はずっと見ていたぞ」

「そんなのウソだ。僕だって、アーマーゴーレムに狙われていたし」

「テト……」

僕はテトの持っているいびつな杖を指さした。

「その杖に赤い宝石が埋め込まれているね。それ、最初に会った時にはなかったはずだけど？」

「……魔法の効果を上げるために、この仕事の前に杖につけたんだよ。『赤月石』を」

「赤月石にしては、少し色が違う気がする。その色……アーマーゴーレムの口の中にある宝石と同じに見えるよ。その宝石でアーマーゴーレムを操っていたんじゃないのかな」

「バカなこと言うなよ！」

テトが声を張り上げた。

「そんなに僕を疑うのなら、ポーチの中も全部見せるよ。火属性の短剣どころか、普通の短剣だって入ってないから」

そう言って、テトは魔法のポーチに手を入れる。

「そいつを取り押さえろ！」

キナコが叫んだ。

「遅いよ！」

テトはにやりと笑いながら、ポーチから紫色の水晶玉を取り出した。それを地面に叩きつける。

紫色の煙が広がり、巨大なドラゴンが現れた。

そのドラゴンは黄緑色のウロコに覆われていて、その巨体から無数の触手が出ていた。触手の先端には尖った歯が円形に並んでいて、ヘビのように細長い胴体をくねらせている。

「プラントドラゴン！　冒険者たちを殺せ！」

テトが叫ぶと、プラントドラゴンの触手が呆然としている冒険者たちを襲い始めた。

尖った歯が冒険者の頭部を噛み千切る。

「あははっ！　ここでプラントドラゴンを使うのは想定外だったんだけど仕方ないかな」

テトは舌を出して、奥の穴に向かって走る。

数人の冒険者がテトを追ったが、プラントドラゴンの触手が彼らの行く手を塞ぐ。

「ギュイイイイ！」

プラントドラゴンが甲高い鳴き声をあげて、赤い霧のようなブレスを吐いた。

正面にいた冒険者たちの鎧と皮膚が溶ける。

「があああああっ！」

冒険者たちは地面に転がり、ばたばたと手足を動かした。

「側面から攻めろ！」

メルトが叫んだ。

「まずは触手の数を減らすぞ！」

そう言って、メルトは側面からプラントドラゴンに突っ込む。

三本の触手がメルトに襲い掛かった。

「『烈風千撃』！」

メルトの体が竜巻のように回転して、三本の触手の先端が地面に落ちる。

「ギィイイイ！」

プラントドラゴンが長い首を捻って、メルトに噛みつこうとした。その攻撃をメルトは素早くかわす。

「俺たちは逆方向から攻めるぞ！」

グレッグがロングソードの先端をプラントドラゴンに向けた。

「このデカブツに炎龍の団の力を見せてやれ！」

「おおーっ！」

団員たちが無数の触手と戦い始める。

早めに倒さないと、犠牲者が増えてしまう。

僕は正面からプラントドラゴンに突っ込んだ。

ポケットの中に入れていた闇属性を付与した紙を使って……。

僕は脳内で魔式をイメージする。

数百枚の紙が重なり合い、僕の頭上に巨大な槍が出現した。長さは五メートル以上あり、全体が青紫色に輝いている。

「『巨槍闇月《きょそうやみつき》』！」

巨槍闇月が動き出し、プラントドラゴンの胸に突き刺さった。

「ギィイイイイ！」

プラントドラゴンは甲高い鳴き声をあげて、前脚を振り上げる。同時に僕はプラントドラゴンの側面に回り込んだ。

僕はポケットに収納していた紙を折って作った鳥——『操紙鳥《そうしちょう》』を十羽出した。

手のひらに乗るような大きさの操紙鳥が僕の意思に従って、プラントドラゴンの頭部に次々と突っ込む。

爆発音がして、プラントドラゴンの尖った歯が地面に落ちた。

近くにいたアルベルたちがぽかんと口を開けて、僕を見ている。

「アルベルっ！　今がチャンスだよ！」

「……あっ、くっ！」

アルベルは我に返った。

「ダズル、カミラ！　俺たちで後脚を狙うぞ！」

そう言って、アルベルは走り出す。ダズルとカミラもその後を追った。

プラントドラゴンは胸に巨槍闇月を突き刺したまま、暴れ回る。

くっ、しぶとい。

僕は襲い掛かってくる触手を魔喰いの短剣で斬りながら、僕は奥歯を強く噛んだ。

プラントドラゴンは心臓が三つある。しかも、その位置がわかりにくいから、倒しにくい。

頭部を落とすのが理想的だけど、触手が邪魔をしてくる。

「ヤクモっ！」

キナコが僕に体を寄せた。

「俺がプラントドラゴンの動きを止める」

「できるの？」

「触手の数が減ったし、大技を出せそうだからな。ただ、動きが止まるのは一瞬だけだ。その一瞬でお前が決めろ！」

「……わかった」

僕はキナコから離れて、プラントドラゴンの死角に移動する。

僕の位置を確認したキナコが側面からプラントドラゴンに突っ込んだ。

二本の触手がキナコを狙うが、その触手をメルトが切断する。

「いいぞ、メルト！」

キナコは深く息を吸い込み、両足を大きく開く。

「『肉球波紋掌』！」

右手の肉球がプラントドラゴンの体を叩いた。黄緑色のウロコに波紋が広がるが、プラントドラゴンの動きが止まらない。

「ならば、もう一発っ！」

キナコは腰を捻って、左手の肉球でプラントドラゴンを強く叩く。

「ギュ……」

プラントドラゴンの動きが止まった。

同時に僕は紙の足場を階段状に具現化する。その足場を駆け上がり、魔喰いの短剣に魔力を注ぎ込んだ。青白い刃が大剣のように長く分厚くなる。

最上段の足場をジャンプして、僕は魔喰いの短剣を振り下ろした。

刃がプラントドラゴンの首を深く斬り、巨大な頭部が傾く。

プラントドラゴンは黄色の体液を噴き出しながら、僕に噛みつこうとした。

まだ、動けるのか！

僕は別の足場を作って、その足場に跳ぶ。そして上半身を捻りながら、魔法のポケットに収納していた小さな赤い箱を出す。その箱は家を包むほどの大きさの紙を千回以上折って箱の形にしたものだ。

「『葬送花《そうそうか》』！」

宙に浮かんでいた赤い箱がプラントドラゴンの口の中に入った瞬間、それが一気に開いた。箱が上下四方に広がり、赤い薔薇の形になる。その花びらがプラントドラゴンの頭部を破裂させた。肉片が周囲に飛び散り、プラントドラゴンの頭部があった場所に紙の花が咲く。

数秒後、ぐらりとプラントドラゴンの巨体が傾き、横倒しになった。

よし！　倒せたぞ。

僕は深く息を吐き出して、動かなくなったプラントドラゴンを見つめる。

葬送花は巨大なモンスター用に考えた技だ。細かく折り曲げた巨大な紙が一気に開いて薔薇の形になる。その花びらのふちは磨かれた刃物のように薄く対象の体を傷つける。

普通の紙なら絶対に折れない回数を折ることで完成した技だけど、いろいろ応用が利きそうだな。だって、紙は四十二回折れば、月にだって届くんだから。

周囲にいた冒険者たちがぽかんと口を開けて、僕に視線を向けている。

見たことのない技でプラントドラゴンが倒されたから、驚いているんだろう。

「ヤクモっ！」

メルトが僕に駆け寄った。

「まさか、プラントドラゴンを倒せる技を持っていたとは。とんでもない男だな」

「いえ、キナコがプラントドラゴンの動きを止めてくれたからです」

僕は首を横に振った。

「僕一人だったら、触手に邪魔されて、首を狙うチャンスがなかったです」

「たしかにキナコもよくやってくれた」

「テトには逃げられてしまったがな」

キナコが白い爪で頭をかいた。

「奴を捕らえれば、出口がわかったかもしれない」

「そうだな。すぐに追いかけよう」

その時、団員たちの怒声が聞こえた。団員たちが怒りの表情でライザを取り囲んでいる。

「お前もドールズ教の信者だな?」

団員の一人がロングソードをライザに向けた。

「裁判の必要はない。ここで殺してやる！」

「ち、違う！」

ライザは蒼白の顔で否定した。

「テトとはパーティーを組んでたけど、私は狂信者じゃないから」

「そんなこと信用できん」

体格のいい団員がライザに歩み寄る。

「仲間の仇を取らせてもらうぞ」

「待て！」

キナコが口を開いた。

「ライザは信者ではないだろう」

「どうして、それがわかるんだ？」

団員がキナコをにらみつける。

「こいつは普通にアーマーゴーレムに襲われていたからだ。それにライザはアーマーゴーレムを倒していた。信者ならそんなことはしないだろう」

「それは……」

団員がもごもごと口を動かす。

「僕もライザは信者じゃないと思います」

僕はライザの前に立った。

「テトが信者とばれた時も、ライザは驚いた顔をして立っていただけで、何も動きがありませんでした。もし、信者なら、テトといっしょに逃げているはずです」

「たしかにそうだな」

　メルトがうなずいた。

「今もここにいるのが信者ではない証拠でもある……か」

「それよりも、今はテトを追うべきだろう」

　キナコが言った。

「あいつを追えば、出口がわかるかもしれない」

「ああ。全員でテトを追うぞ！」

　メルトはテトが逃げた穴を指さした。


　水滴が落ちる通路を進んでいると、ライザが僕の肩を叩いた。

「ありがとう、ヤクモ。私をかばってくれて」

「いや。君が信者とは思えなかったから」

「……どうして、そう思ったの？」

「出会った時、君はすごく僕を警戒してた。でも、いっしょに行動してるうちにすぐに警戒を解いたよね」

「それは、あなたが悪い人に思えなかったから」

「でも、テトは違ってたよ」

僕は歩きながら、髪の毛に落ちた水滴を払う。

「僕への警戒を解かなかったし、森を歩く時も、ベテランの冒険者みたいにすごく用心深かった。それなのに、テトは失敗が多いって君が言ってたから。もしかして、わざと失敗をしてたんじゃないかって」

「そう……だったんだ」

ライザの声が沈んだ。

「私はわからなかった。テトとパーティーを組んで、何十日も経っていたのに」

「きっと、君と組むことで、信者とバレないように炎龍の団に近づきたかったのかもしれない。君はDランクでそれなりの信用もあっただろうし」

「……そうだと思う。ガホンの森での依頼ばかり受けてたのもテトの希望だったし」

「本当はラックスさんの死体を見つける役目をライザにまかせるつもりだったのかも」

「……そっか」

ライザの体が小刻みに震えた。

「ヤクモ……テトは私が捕まえるから」

「気をつけたほうがいいよ。テトは実力を隠してると思う」

僕は唇を強く結ぶ。

テトはプラントドラゴンを召喚できる水晶玉を持っていた。あれはダグルードがダークドラゴンを召喚した時と同じ物だった。きっと、魔族と関わりもあるはずだ。

ふっと周囲が明るくなり、視界が広がった。

その場所は広く、奥に大きな裂け目があった。

裂け目の前にテトがいるのを見つけて、メルトの髪の毛が逆立った。

「テトっ！」

メルトは怒りの表情を浮かべて、走り出した。その後を冒険者たちが追う。

その時、僕たちの前に半透明の壁が現れ、行く手を完全に塞いだ。

「こんな壁っ！」

メルトは赤い刃の短剣を突き出した。先端が半透明の壁に当たるが、その壁を突き破ることはできなかった。

「無駄だ……」

半透明の壁の奥から、黒いローブを着た司教のルーガルが現れた。その背後からドールズ教の信者たちが百人以上現れる。

ルーガルが口角を吊り上げて、半透明の壁越しにメルトを見つめる。

「私の壁は物理攻撃も魔法攻撃も防ぐ。これがユニークスキル【魔法壁強化】の力だ」

「壁の魔法を強化するスキルか」

「そうだ。だが、その効果は絶大で、高位魔法の攻撃でも防ぐことができる」

ルーガルは冒険者たちを見回す。

「……ふむ。数は四十人程度か。これだけ残っているのはお前の失策ではないのか？　テト」

「しょうがないだろ」

テトが不満げに頬を膨らませた。

「想定より早く僕が信者だってバレちゃったんだから」

「それが甘いのだ。せめて、メルトを暗殺するぐらいはやってもらいたかったが」

「そのチャンスがなくてさ。周りに炎龍の団の団員もいたし、なかなか隙を見せてくれないんだよ。さすがSランクってところかな」

テトは肩をすくめる。

「でも、半分以上戦力を減らしたんだから、最低限の仕事はしただろ」

「テトっ！」

ライザが半透明の壁をこぶしで叩いた。

「よくも騙したわねっ！」

「あーっ、ライザか。ごめんごめん」

テトが舌を出した。

「ライザには感謝してるよ。君は正義感があって信用も高かったからね。君のおかげで炎龍の団に近づくことができたよ」

「ぐっ……」

ライザの歯がぎりぎりと音を立てた。

「メルトよ」

ルーガルが壁の前にいたメルトに歩み寄る。

「お前はよくやった。多くのアーマーゴーレムを倒し、私を見つけることができた。だが、結果は変わらない。お前たちは、この洞窟で死ぬのだ」

「ふざけるなっ！」

メルトはダークブルーの目でルーガルをにらみつける。

「魔法の壁はいずれ消える。そうなれば、お前たちを一瞬で殺してやる！」

「それは無理だ。この壁は当分効果が続く」

「それなら、お前たちもこっちを攻撃できないぞ」

「攻撃など、する必要はない」

ルーガルはちらりと後方にある裂け目を見る。

「私たちはあの裂け目から、この洞窟を脱出する。そして、裂け目を爆破して塞げば、お前たちは逃げることはできない」

その時、隣にいたアルミーネが僕の耳に唇を寄せた。

「ヤクモくん。この壁、何とかできるかもしれない」

「消せるってこと？」

僕は小さな声で質問した。

「うん。私が考えたオリジナルの魔法で特別な素材をいくつも使わないといけないけど、一部分だけならなんとかなると思う」

「それでもいいよ。人が一人でも通れるのなら」

「わかった。じゃあ……」

アルミーネは半透明の壁に右手を当てて、呪文を唱える。

ルーガルの笑い声が聞こえてきた。

「ふふふっ。では、これで失礼する。最後にお前たちの悔しがる姿を見ることができて、楽しかったぞ」

その時、ガラスが割れるような音がして、アルミーネの前の半透明の壁がなくなった。

僕はそこから壁の向こうに移動して、意識を集中する。

数千枚の紙が具現化して、信者たちの頭上を集団で飛ぶ鳥のように移動した。紙は重なり合って後方の裂け目を塞ぐ。

信者たちが驚いた顔で紙に塞がれた裂け目を見つめる。

「いいぞ、ヤクモ！」

キナコが半透明の壁が消えた場所を通り抜け、僕に駆け寄った。

「これで信者どもは逃げられない。後は全員倒すだけだ」

「かっ、壁に穴が開いてるぞ！」

信者の声が響き、ルーガルが壁の穴に気づいた。

「そいつらを殺して穴を塞げ！」

数人の信者が呪文を唱え始める。

魔法の壁を補修するつもりか。そうはさせない！

「『風手裏剣』！」

風属性を付与して折った手裏剣が信者たちに刺さる。

「があぁっ！」

呪文を唱えていた信者たちが地面に倒れる。

冒険者たちも半透明の壁を抜けて、信者たちに攻撃を仕掛けた。

メルトが一瞬で四人の信者を斬り倒す。

「ここで決着をつけるぞ！　狂信者どもを殲滅しろ！」

「愚者どもめっ！」

ルーガルが叫んだ。

「数はこちらが多い。全員殺して、ドールズ様にお前たちの命を捧げてやろう」

信者たちが黒い短剣で冒険者たちに襲い掛かった。

剣と剣がぶつかり合う音と怒声が聞こえてくる。

視線を動かすと、ライザがテトと戦っていた。

「テトっ！　あなただけは私が殺す！」

ライザが短剣を突き出すが、テトは笑いながらその攻撃を避ける。

「Dランクの君には無理だと思うよ」

「あんたはFランクの魔道師でしょ！」

ライザは蹴りを放った。テトはヒジで蹴りを受ける。

「残念だけど、それは違うんだ」

「違うって何よ！」

「僕の実力はBランク以上の魔法戦士ってことだよ」

テトは目を細めて、左手を前に出す。尖った氷柱が具現化した。

「くっ……」

ライザは上半身をそらして、氷柱の攻撃を避けた。

「甘いよ！」

バランスを崩したライザに向かってテトが駆け寄り、短剣を突き出す。ライザの肩に刃が刺さり、服が赤く染まった。

後ずさりするライザを見て、テトは笑った。

「本当は君を殺したくないんだけど、仕方ないね。じゃあ……」

僕はライザの前に立って、魔喰いの短剣をテトに向ける。

「ヤクモか……」

テトは軽く腰を落として短剣の刃を僕に向ける。

「君にはやられたよ。まさか、わざわざリッケルの死体を調べに行くなんてね」

「僕の能力なら、穴に下りることは簡単だから」

「そうだったね。君の能力は何度か見せてもらったよ」

テトはじっと僕を見つめる。

「君は強いね。とてもEランクとは思えない」

「それなら、降伏してもらえないかな」

「ふふっ。それはないよ。君が強いといっても、僕よりは弱いから」

テトは笑みの形をした唇を舐める。

「君のユニークスキルは珍しくて、相手の意表をつくことができる。それに武器も一級品だ。初見で戦う相手なら、倒しやすいだろうね。でも、僕は君の戦い方を知っている」

「戦うしかないんだね」

「うん。君たちを全滅させておかないと、僕が賞金首になっちゃうからね」

「……残念だよ」

僕はテトと視線を合わせる。

「じゃあ、十秒で終わらせてあげるよ」

そう言うと、テトは短剣を左右に振った。

それが合図だったのか、信者が左方向から僕に襲い掛かった。

「『魔防壁強度五』！」

白い紙の壁が信者の前に出現する。

「その技は知ってるよっ！」

テトが口元にナイフを寄せて僕に突っ込んでくる。

口元を隠した？　呪文を詠唱してるな。

僕の頭上に尖った氷柱が五本出現し、それが落ちてくる。僕が右にかわすと、その動きを予測していたかのように、テトが短剣を突き出した。

僕は魔喰いの短剣でその攻撃を受け止める。

同時にテトが左手を僕の顔に向ける。

一瞬で空気が冷え、目の前に尖った氷柱が出現した。

僕は首を右に動かして、氷柱の攻撃を避ける。

「ははっ、すごいね。でもっ！」

テトは唇を動かしながら、連続で短剣を突いた。僕は右に回り込んで、魔喰いの短剣を斜め下から振り上げる。その軌道を予測してテトが上半身をそらした。

同時に僕は魔喰いの短剣に魔力を注ぎ込む。青白い刃の先端がぐにゃりと曲がり、長く伸びる。

テトの肩に尖った刃が突き刺さった。

「ぐっ……く……」

テトは顔を歪めて僕の足元に左手を向ける。地面が一気に冷えた。

氷の魔法で足を凍らせるつもりか。

僕は紙の足場を具現化して、その足場に飛び乗った。

テトは舌打ちして僕から距離を取る。

「予想以上に強いね」

「Aランクの格闘家に鍛えてもらってるから」

僕はテトの顔の前に数十枚の紙を具現化した。テトはその紙を短剣で切り裂く。その時には僕は左に移動していた。

この位置は理想的だ。

数百枚の紙を具現化して、テトの周囲に配置する。

「無駄だってわからないかな」

テトは目の前の紙を短剣で斬った。

テトの視線が僕と重なる。

やっぱり、テトは強い。どんな状況でも素早く視界を確保して、僕の動きを確認している。

だけど……。

僕はテトに突っ込み、直前で左にジャンプした。

「甘いよ！」

テトが僕の着地する位置を予測して動いた。

その瞬間――。

僕は魔式を脳内でイメージする。

具現化する位置を正確に魔式に追加して……。

一瞬、斜め前に砂粒のような小さな光が見えた。その光は目印だ。光の周囲に限界まで薄くした透明な紙が具現化している。

僕は靴底と同じ形に切り抜かれた透明の紙を踏み、刃が伸びた短剣を振り下ろした。

宙で止まったような僕の動きにテトの反応が遅れた。刃の先端がテトの肩に刺さる。

「くっ……」

テトは素早く下がって、呪文を唱える。

その時、宙に浮かんだ紙を払いのけて、ライザがテトに突っ込む。短剣の刃がテトの背中に刺さった。

「があぁあっ……ぐっ！」

テトは体を捻りながら、左手をライザに向ける。

魔法は使わせないっ！

僕は魔喰いの短剣に魔力を注ぎ込む。二メートル以上伸びた刃がテトの左手首を斬った。

同時にライザがテトの胸元に短剣を突き刺す。

「あ……」

テトの両目が大きく開き、両膝が折れた。

「そ……そんな……僕が死ぬ……なんて、ありえな……」

テトの体が倒れ、半開きの口から呼吸音が消えた。

「テト……どうして……」

ライザの声が微かに震えた。

「ライザっ！　まだ、信者はたくさんいるよ！」

僕はライザの肩を叩く。

「今は考える時じゃないから」

「あ、うん。わかった」

ライザの表情が引き締まる。

僕たちは近くで冒険者と戦っていた信者たちに攻撃を仕掛けた。


数分後、互角だった戦いが変化した。

倍近くいた信者の数が減り、戦っている冒険者の数を下回った。

「ルーガルだ！　ルーガルを倒せ！」

メルトの言葉に冒険者たちがルーガルに突っ込んでいく。

その時、ルーガルの周囲に半球形の魔法の壁が出現した。

冒険者たちの剣がその壁に弾かれ、甲高い音を出す。

「どうやら、ここまでのようだ」

ルーガルがメルトに視線を向ける。

「メルトよ。今回は負けを認めてやろう」

「今回は、だと？」

メルトが眉を吊り上げて、ルーガルに近づく。

「お前に次はない。ここで死ぬんだからな」

「それはどうかな」

ルーガルは胸元から黒い円柱を取り出し、ボタンを押した。

大きな爆発音がして、僕が紙で塞いでいた裂け目が崩れ落ちた。その部分から大量の水が流れ出し、地面を濡らす。

「これでお前たちは脱出することはできない」

「何をやっているっ？」

メルトが驚いた声を出した。

「これでは、お前たちも逃げられないではないか」

「たしかに、私以外の者は死ぬだろうな」

そう言って、ルーガルは小ビンを取り出し、それを足元に叩きつけた。中に入っていた黄緑色の粉が魔法陣を描く。

「これはゼルディア様からいただいた転移の魔法陣を描く粉だ。これがあれば、私一人なら外に出ることができる」

「ルーガル様っ！」

周囲にいた信者たちが球形の壁に駆け寄った。

「私たちはどうなるのですか？」

「安心しろ。ドールズ様が復活すれば、お前たちは生き返ることができる。安心して、最後まで戦うのだ」

ルーガルは視線をメルトに戻す。

「こちらも多くの信者を失ったが、炎龍の団のリーダーと主力を潰せるのなら、悪くはない結果とも言えるな」

「ルーガルっ！」

メルトはオレンジ色のしっぽを逆立てて、短剣で魔法の壁を叩く。赤い刃が半透明の壁に傷をつける。

「ふふふっ。百回ほど叩けば、この魔法壁も壊されるかもしれんな」

「全員でこの壁を壊すぞ！」

「もう遅い！」

ルーガルが転移の魔法陣を起動する言葉を口にした。

一瞬でルーガルの姿が消え、半球形の魔法の壁も消えた。

「くそっ！」

メルトが歯をぎりぎりと鳴らした。

「メルト様、水が溜まってきています」

グレッグがメルトに駆け寄った。

「既に後方の通路が水に浸かっていて、脱出する場所がありません」

「……とにかく、信者を倒すぞ！　脱出方法はその後に考える」

そう言って、メルトは近くにいた信者に攻撃を仕掛けた。

数分後、僕たちはほとんどの信者を倒した。

しかし、水はどんどん溜まっていて、冒険者たちのヒザが濡れている。

まずいな。さっきの爆発で壁にひびが入って、いろんな場所から水が漏れている。これじゃあ、粘着性のある紙で塞いでも別の場所から漏れ出すだろう。

メルトたちは裂け目を塞いでいる岩を壊そうとした。団員たちが斧や剣で岩を叩く。

「これでは間に合わんな」

キナコがぼそりとつぶやいた。

「水が溜まる時間のほうが早い。このままでは全員水死するぞ」

「うわああっ！」

突然、ダズルが悲鳴をあげた。

「死にたくない。死にたくないよ。ううっ」

「くそっ、炎龍の団の巻き添えで死ぬのかよ」

アルベルが岩を壊しているメルトをにらみつける。

「こんな依頼、受けなきゃよかった」

その隣にいるカミラは蒼白の顔で歯をカチカチと鳴らしていた。

僕は周囲を見回す。

どこか、他に逃げる道はないのか？

視線を上げると、数十メートル上の壁の一部が崩れていて、穴が開いていた。

あの穴……奥が見えない。もしかしたら、あそこから逃げ出せるかもしれない。

僕は岩を壊しているメルトに駆け寄った。

「メルトさん。上に穴があります」

「穴だと？」

メルトは僕が指さした穴に視線を向ける。

「……たしかにあるが、あそこまで、どうやって移動する？　ロープを使うにしても時間がない。無理だ」

「それは僕がなんとかします！」

僕は自分の位置と穴の位置を確認する。

具現化時間が長くて、ある程度強度がある紙を使って……。

数千枚の紙が具現化し、白い螺旋階段を作った。

「あ……」

メルトが大きく口を開けて、螺旋階段を見上げる。

周囲にいた冒険者たちも呆然とした顔で螺旋階段を見つめている。

「みんな、階段を上って！」

僕の声を聞いて、メルトが我に返った。

「よ、よし！　みんな、階段を上がれ！」

冒険者たちが慌てて螺旋階段を上がり始める。

先頭にいたグレッグが穴に入った。

数十秒後、穴からグレッグの声が聞こえた。

「狭いですが、先に進めそうです」

その言葉に冒険者たちの表情が明るくなった。

「よし！　一人ずつ穴の中に入れ！」

メルトがそう言うと、冒険者たちが次々と穴の中に入っていく。

僕は階段の上部から下を見た。

水深は上がっていて、螺旋階段の半分以上が水に浸かっている。その水の中に多くの冒険者と信者の死体が沈んでいた。

ぎりぎりだったか。

僕は額に浮かんだ汗をぬぐって、息を吐き出す。

「ヤクモくん」

アルミーネが穴の中から手を差し出した。

「早く行こう。ここまで水がきちゃうかもしれないし」

「わかった」

僕はアルミーネの手を握った。

その後、僕たちは狭い穴を進み続けた。

道を塞いでいた岩を斧で壊し、急な斜面を登る。

そして——。

岩と岩の隙間から這い出ると、太陽の光が泥だらけになった僕の体を照らした。

「あ……」

そこは草原だった。

涼しさを感じる風が周囲の野草をさわさわと揺らしている。

「で、出られた」

近くにいた冒険者が掠れた声を出した。

「やった、やったぞ！　俺たちは助かったんだ」

「ああ。本当によかった」

茶髪の冒険者が目のふちに浮かんだ涙をぬぐう。

「お疲れ様」

アルミーネが僕の肩に触れた。

「ヤクモくんが階段を作ってくれたおかげだね」

「そうなのだ！」

ピルンが言った。

「やっぱり、ヤクモの能力は役に立つのだ」

「役に立つ……か」

僕は喜んでいる冒険者たちを見回す。

たしかに紙で螺旋階段を作れたから、僕たちは全滅しなかった。

だけど、多くの冒険者が死んで、生き残ったのは二十八人だ。喜べる状況じゃないか。

「そうつらい顔をするな」

キナコが僕の腰を肉球で叩いた。

「こういう時は、自分が生き残ったことを素直に喜べばいい」

「そう……だね」

僕は心を落ち着かせるために深呼吸をする。

「ヤクモ」

メルトが近づいてきて、僕の手を強く握った。

「君のおかげで私たちは地上に戻ることができた」

メルトは真剣な顔をして僕を見つめる。

「ありがとう。そしてすまなかった」

「すまなかった？」

「私は君の実力を見誤っていた。Eランクとは思えない強さだとは思っていたが、まさか、私よりも強かったとは」

「いやいや。そんなことはないです」

僕は慌てて首を左右に振った。

「メルトさんはSランクだし、あの四刀流の攻撃は避けるのが難しいです」

「だが、君には紙を具現化するユニークスキルがある。それにその武器も」

メルトは腰に提げていた魔喰いの短剣を指さす。

「君はその短剣でプラントドラゴンにダメージを与え、紙を具現化する能力で螺旋階段を作って私たちを救ってくれた。君が一番功績をあげたのは間違いない」

「そうですな」

グレッグもメルトの言葉に同意した。

「ここまで、紙を具現化する能力が使えるとは予想外でした」

「ああ。この功績の分は追加で報酬を払わせてもらう」

「あ、ありがとうございます」

僕はメルトに礼を言った。

報酬が増えるのは有り難いな。孤児院への寄付を増やすことができるし。

「おい、メルト」

キナコがメルトに声をかけた。

「ルーガルの言葉を覚えているか？」

「ルーガルの言葉？」

「ああ。奴は六魔星のゼルディアから転移の魔法陣を描く粉をもらったと言っていた」

「そうだったな。それがどうかしたのか？」

「もし、ゼルディアの情報が入ったら、俺に教えてくれ」

「……それは構わないが、関わりがあるのか？」

「直接の関わりはないが、奴は殺さねばならん。俺の故郷を滅ぼした魔族だからな」

キナコの声が低くなった。

「……わかった。情報が入ったら、必ず伝えよう」

メルトは真剣な顔でうなずいた。


二日後、僕たちはタンサの町に戻ってきた。

冒険者たちが疲れ切った様子で、巨大な南門の前で腰を下ろす。

僕は魔法のポケットに収納していた水筒を取り出し、中に入っていた水を一気に飲み干す。

きつい仕事だったな。宿屋を探して早く眠りたい。

「おいっ、ヤクモ」

アルベルが僕に声をかけてきた。

その背後にはダズルとカミラもいる。

「お前、その短剣、どこで手に入れた？」

アルベルが魔喰いの短剣を指さした。

「これは僕たちのリーダーの錬金術師が作った武器だよ」

「ウソつくな！　無名の錬金術師がそんないい武器を作れるわけねぇだろ！」

「そうだよ」

　ダズルがアルベルの言葉に同意した。

「僕は見てたんだぞ。その短剣の刃が伸びたり、大きくなったりしたところをさ。こんなの国宝レベルの武器じゃないか」

「あ、いや。この武器はいい武器なんだけど、欠点もあるんだ」

「欠点って何よ？」

　カミラが質問した。

「刃を変化させるのに大量の魔力が必要なんだよ」

「大量の魔力って、あなたの基礎魔力は平均レベルじゃない」

「いろいろあって、魔力を増やせるスキルが復活したんだ」

「はぁ？　何それ？」

　カミラが驚いた顔をした。

「そんなことってあるの？」

「自分も驚いてるよ。とにかく、そのおかげでこの短剣が使えるようになったんだ」

　僕は腰に提げている魔喰いの短剣に触れる。

「なるほどな」

　アルベルが鋭い視線を僕に向ける。

「それで、あんなデカい紙の階段を作れたわけか」

「うん。前と違って、紙をたくさん具現化できるようになったから」

「……ふん。やっとわかったぞ。お前が強くなった理由がな」

アルベルは唇を歪めて言った。

「だが、調子に乗るなよ。お前が活躍できたのは、その武器を持ってたからだ。俺だって、それを持ってれば、プラントドラゴンを倒せたはずだ」

「……そうかもしれないね」

僕はアルベルの言葉を否定しなかった。

魔喰いの短剣は多くの魔力を消費して、刃の斬れ味や形を変える。アルベルは基礎魔力を上げるスキルを持ってないから、使いこなすことはできない。

でも、そんな説明をしても、アルベルは納得しないだろう。

「いいか、ヤクモ」

アルベルが僕を指さした。

「お前がそれなりに活躍したことは認めてやる。だが、冒険者としての実力は俺たちのほうが圧倒的に上だってことを忘れるなよ」

そう言うと、アルベルたちは僕に背を向けて去っていった。

アルベルたちは変わらないな。

僕はため息をつく。

どっちが上なんて、気にする必要なんてないのに。

「ヤクモ」

ライザが僕に歩み寄った。

「改めてお礼を言わせて。ありがとう」

ライザは僕の手を握る。

「あなたが助けてくれなかったら、私はテトに殺されてた」

「テトは強かったからね」

「ええ。強かったし、完全に騙されたわ」

ライザは悲しそうな顔をして、ふっと息を吐いた。

「ほんと、私ってバカよね。何十日もパーティーを組んでいたのに、テトの正体に気づかなかったなんて」

「それはしょうがないよ。普通はパーティーの仲間を疑うことなんてしないし」

「……あなたは優しいわね」

ライザの表情が和らいだ。

「そうそう。あなたにも騙されたわ」

「え？　騙された？」

僕は首をかしげた。

「僕、何かしたっけ？」

「それよ」

ライザは僕のベルトに挟んであるEランクのプレートを指さした。

「あなた、めちゃくちゃ強いじゃない。Eランクとは思えないわ」

「いや、僕はまだまだ弱いから」

「弱い冒険者がプラントドラゴンを倒せるわけないでしょ」

ライザは僕の頭を軽く叩く。

「紙の能力もすごく使えるし、私にはあなたがAランク以上の冒険者に見えるよ」

「Aランク以上か……」

褒めてもらえたのは嬉しいけど、さすがにそれは評価しすぎだな。プラントドラゴンを倒せたのだって、キナコがサポートしてくれたからだし。

「私、強くなるよ」

ライザは真剣な目で僕を見つめた。

「次にあなたと会う時は強くなってるから」

「……うん。また、どこかで」

僕とライザは視線を合わせたまま、固く握手をした。

第五章　六魔星ゼルディア

孤児院の敷地に入ると、フローラ院長と高そうな服を着た太った男が話しているのが見えた。

男は四十代後半ぐらいで、茶髪をオールバックにしている。シャツは光沢のある白色でダークグレーのズボンを穿いていた。

あの人……貴族だよな。もしかして……。

男の声が聞こえてきた。

「だから、保証人をつけろと言っているのだ」

「それは突然すぎます。ガノック男爵様」

フローラ院長が困惑した顔で言葉を続ける。

「ちゃんと家賃はお支払いしているはずです。高くなった分も」

「それはわかっている」

男――ガノック男爵は不機嫌そうに舌打ちをした。

「だが、その支払いはいつもぎりぎりだ。いつ払えなくなるか、家主として不安に思うのは当然のことだろう」

「ですが、保証人なんて、そう簡単に見つかるものじゃ……」

「ならばここから出て行ってもらおう」

「そんなっ！」

　フローラ院長の顔から血の気が引いた。

「ここがなくなったら、子供たちはどうなるんですか？」

「森の中にでも住めばいいだろう。そうすれば、家賃の心配もない」

「森にはモンスターがいますし、盗賊だっています」

「それは仕方がないことだ」

　ガノック男爵は冷たい視線をフローラ院長に向ける。

「森の中は危険ではあるが悪いことばかりではないぞ。家賃を払わなくてよくなるんだから、その分、いいものが食えるではないか」

「でも、それは……」

「とにかく、保証人がいないのなら、次の契約はしない。子供たちといっしょに出ていってもらうからな」

「待ってください！」

　僕はガノック男爵に声をかけた。

「ん？　何だ、お前は？」

「僕はヤクモ。この孤児院出身の冒険者です」

「冒険者か」

　ガノック男爵はすっと目を細くして、ベルトにつけているEランクのプレートを見つめる。

「で、私に何か用か？」

「はい。孤児院の保証人は僕じゃダメでしょうか？」

「はぁ？　お前はEランクの冒険者じゃないか。話にならん」

ガノック男爵は犬を追い払うような仕草で手を動かす。

「保証人になりたければ、Aランク以上の冒険者になるんだな。そうすれば、保証人として認めてやってもいい」

「Aランク以上って……」

僕は唇を強く結ぶ。

「ヤクモくん」

フローラ院長が僕の腕に触れた。

「ありがとう。でも、いいのよ。私が保証人を見つけるから」

「でも、見つからないんじゃ……」

「大丈夫よ。なんとかするから」

「フローラ院長……」

しわだらけの顔で笑うフローラ院長を見て、僕は心が痛くなった。

僕に心配かけないように笑ってるんだ。

僕がもっと強かったら、保証人になれたのに。いや、お金をいっぱい稼いで孤児院の土地を買い取ることだってできるのに。

「もういいな」

ガノック男爵はオールバックの髪を整えながら言った。

「契約したければ、まともな保証人を用意しろ。そんな雑魚冒険者ではなくな」

「へーっ、雑魚冒険者ねぇ」

突然、背後から声が聞こえてきた。

振り返ると、そこには見た目が十二歳ぐらいのハイエルフの少女が立っていた。

少女は長い銀色の髪をツインテールにしていて、左右の耳がピンと尖っている。服は水色で金の刺繍がしてあった。

「シルフィールさん」

僕は少女の名を口にした。

シルフィールはSランクの冒険者で十二英雄の一人でもある。

その強さと美しさで、多くの吟遊詩人が彼女を題材にした歌を作っている。

シルフィールは銀色の髪を揺らして、ガノック男爵に歩み寄った。

「あなたは……シルフィール様」

ガノック男爵が目を丸くしてシルフィールを見つめる。

「どうして、あなたがこんなところに？」

「ちょっと町の中で見知った顔を見かけてね」

シルフィールはちらりと僕を見る。

「もしかして、この少年と知り合いなのですか？」

「ええ。いっしょに仕事をしたことがあるから」

「……そう……だったのですね」

「で、あなた、ヤクモを雑魚冒険者って言ってたわね？」

「あ、い、いや。そうではないのですか？　こいつはEランクですし」

ガノック男爵が僕を指さした。

「たしかにヤクモはEランクだけど、強さはAランク以上よ」

「えっ、Aランクですか？」

「そうよ。だから、将来、月光の団の幹部になってもらう予定なの」

「月光の団の幹部……」

ガノック男爵が口をぱくぱくと動かす。

「そんなヤクモが保証人になれないとあなたは言ってたわね。それって、月光の団の団員が信用できないってことかしら？」

「あ……い、いえ。そういうわけではなく……」

「じゃあ、何？」

シルフィールは濃い緑色の瞳で、ガノック男爵をにらみつける。

ガノック男爵の両足が小刻みに震え出した。

シルフィールの見た目はかわいらしい女の子だけど、その強さは誰でも知っている。彼女は災害クラスのモンスターを倒し、多くの魔族を倒している。そして、その実績が認められて、十二英雄になったのだから。

ガノック男爵の顔から汗が流れ落ちる。

「いや、それは、この少年が月光の団の幹部候補とは知らなかったからで」

「じゃあ、ヤクモが保証人になっても問題ないのね？」

「え？　保証人？」

「その話をしてたんでしょ？」

「……そう……ですね」

ガノック男爵は頬を痙攣させながら、僕に視線を動かす。

「たしかに……この少年が月光の団の幹部候補なら、信用できますな。は、ははっ」

「じゃあ、さっさと契約したら？」

「……は、はい」

ガノック男爵は悔しそうにこぶしを震わせた。

その後、僕が保証人のサインをした紙を受け取ると、ガノック男爵は逃げるように去っていった。

「ありがとうございます」

僕はシルフィールに頭を下げた。

「シルフィールさんのおかげで保証人になることができました」

「別にたいしたことしてないから」

シルフィールはツインテールの髪に触れながら、薄い胸を張った。

「それに、あなたがAランク以上の実力があって、信頼できる人物なのは事実だから」

「でも、月光の団の幹部候補って……」

「それも事実でしょ」

シルフィールは僕の胸を人差し指で突いた。

「あなたは謙虚で真面目だから、裏方の仕事もしっかりやってくれそうだし。それに将来はSランクになると思うから」

「Sランクですか？」

「そうよ。あなたのスキルは汎用性が高くて、いろんな戦い方ができるわ。それを使いこなせたら、今よりもっと強くなれる。だから、月光の団に勧誘したの」

シルフィールは濃い緑色の瞳で僕を見つめる。

「で、そろそろ月光の団に入る決心はついたの？」

「いや、それはちょっと」

僕はぎこちなく笑った。

「シルフィールさんにはすごく感謝しています。でも、今の仲間が気に入っているんです」

「ふーん。気に入ってるねぇ」

シルフィールは頭をかいた。

「まっ、あなたたちのパーティーは全員実力があるし、まとめて月光の団で引き取ってあげてもいいわ」

「それは僕が決められることじゃないから」

「あの錬金術師の女が決めるってこと？」

「はい。アルミーネがリーダーだから」

「アルミーネね」

シルフィールはかかとを上げて、僕に顔を近づける。

「……ねぇ。アルミーネって、あなたの……恋人なの？」

「いいえ。違いますよ」

僕は首を左右に振った。

「僕は恋人なんていたことがないから」

「……へーっ、そうなんだ」

シルフィールの声が明るくなった。

「いいんじゃないの。私も忙しいから、恋愛してる時間なんて、今まではなかったし。でも、これからは、そういうこともいいかなって思っているの」

「そうなんですね。シルフィールさんは十二英雄だし、すぐに恋人が見つかりそうです」

僕がそう言うと、シルフィールが無言になった。

「ん？　どうかしたんですか？」

「何でもないわよっ！」

シルフィールが不機嫌そうに唇を尖らせた。

「ヤクモくん」

フローラ院長が僕の腕に触れた。

「ありがとう。あなたのおかげで孤児院が救われたわ」

「当たり前のことをしただけだよ。ここは僕の家なんだから」

僕はフローラ院長に笑いかけた。

「お金も大丈夫だよ。今日だって、寄付するお金を持ってきたから」

「……ごめんなさい。私がもっとお金を集めることができていたら」

「何言ってるんだよ。フローラ院長はすごく頑張ってるじゃないか」

僕はフローラ院長のしわだらけの手を握る。

「とにかく、家賃のことは僕がなんとかするから」

「でも、最近家賃が上がってて」

「わかってる。でも、僕も稼げるようになってきたから」

「……無理はしないで。あなたが死んだら、リリスや子供たちがすごく悲しむから」

「うん。僕だって、まだ死にたくはないから」

「そうね」

シルフィールが言った。

「死ぬのなら、千年ぐらい生きた後にしなさい」

「いや、僕はハイエルフじゃないから」

そう言って、僕は苦笑した。

◇◇◇

タンサの町の東地区にある炎龍の団の屋敷の一室で、キナコとメルトが話をしていた。

「俺を呼び出したってことは、ゼルディアの情報が手に入ったのか？」

キナコは猫人族専用のイスに座って足を組んだ。

「ああ。ゼルディアはドールズ教の信者が作った村によく顔を出しているらしい」

メルトが木製のテーブルの上に地図を置き、印をつけた場所を指さす。

「村の場所はエクニス高原の森の中だ。多分、司教のルーガルもそこにいる」

「エクニス高原か」

キナコは鋭い視線を地図に向ける。

「あの辺りには危険なモンスターも多い。隠れ村を作るにはいいかもしれんな」

「多分、そこに神殿もあるのだろう」

「ならば、炎龍の団も動くのか？」

「……いや」

メルトは首を左右に振った。

「この前の戦いで多くの団員が死んだ。今は炎龍の団は動けない。悔しいがな」

「そうか」

キナコは数秒間無言になった。

「……感謝するぞ、メルト。やっと、ゼルディアを殺す好機を得ることができた」

「おいっ、まさか、お前たちのパーティーだけで六魔星のゼルディアを倒しに行こうなどと考えているんじゃないだろうな？」

「いや。これはパーティーの仕事ではない。俺だけで行く！」

キナコはきっぱりと言った。

「バカなことを言うな！」

メルトがテーブルを平手で叩いた。

「六魔星と一人で戦うなど、自殺行為だぞ！」

「死ぬつもりはない。少なくともゼルディアを殺すまではな」

「……何故だ？　何故、ヤクモたちといっしょに戦わない？　ヤクモの実力はお前も認めていたじゃないか？」

「ああ。たしかにヤクモは強い。だが、六魔星は別格だ。災害クラスのモンスターよりも危険度は高い」

キナコの毛が一瞬だけ逆立った。

「俺の私怨のために仲間を危険にさらすわけにはいかん」

「キナコ……」

「ゼルディアを倒すために、あいつらとパーティーを組んだのだがな。どうやら、俺は思いのほか、ヤクモたちを気に入ってしまったようだ」

キナコはふっと笑みを浮かべて、イスから立ち上がった。

「じゃあな、メルト。ついでにルーガルも殺しておいてやる」

そう言って、キナコは部屋から出ていった。


その日の夜、キナコは馴染みの酒場のカウンターで店主の男から、ひょうたんを受け取った。

「キナコさん。ご要望通り、ナバイ産のチュル酒を入れておきました」

「何年物だ?」

「当たり年の二百八年物です」

店主が答える。

「この年は天候に恵まれて、チュル果の出来が最高でした。フルーティーで柔らかな酸味があり、香りも極上です。そんなチュル果で作られたナバイ産のチュル酒は、天界に住む神々の飲み物と評価されるようになりました。しかも、これはソルフィが自ら作った一品です」

「チュル酒の母と呼ばれるマザーソルフィーか?」

「はい。一口飲めば、無償の愛を注いでくれる母親に抱かれているような感覚になると、多くの者が絶賛しています」

「……母親か」

キナコはまぶたを閉じて、顔を上げる。

数十秒の沈黙の後、キナコは大金貨一枚をカウンターに置く。

「釣りはとっておいてくれ」

「ありがとうございます」

店主は丁寧に頭を下げる。

「危険な戦いに行かれるのですか？」

「どうしてそう思う？」

「キナコさんがヴィンテージ物のチュル酒を注文される時は、いつもそうですから」

「……そうだったな」

キナコは自虐的な笑みを浮かべる。

「今回は特別な戦いだから、酒も最高の物を用意したかったんだ」

「特別……ですか」

「ああ。ずっと望んでいた戦いだ」

キナコの口角が吊り上がった。

「……マスター。世話になったな」

「いえ。またお越しください」

「ふっ。生きていたら、また寄らせてもらう」

キナコはしっぽを揺らしながら、酒場から出ていった。


夜の町は巨大な月に照らされていた。

冷えた風がキナコの茶トラの毛を揺らす。

キナコは薄暗い路地を進み、巨大な西門を出る。

キナコの視界に草原が広がっていた。

「さて……行くか」

キナコは西にある森に向かって歩き出す。

その時――。

「キナコ……」

草原から、声が聞こえてきた。

振り返ると、そこにはヤクモが立っていた。

◇◇◇

僕は驚いているキナコに歩み寄った。

「どこに行くの？」

「……いや、酔い覚ましにゴブリンでも倒して小銭でも稼ごうと思ってな」

「ウソが下手だね」

僕はじっとキナコを見つめる。

「ゼルディアを倒しに行こうと思ってるんだろ？」

「どうして、それを知ってる？」

「メルトさんに聞いたんだよ。キナコが無茶なことを考えてるってね」

「……メルトめ」

キナコが尖った牙を鳴らした。

僕は片膝をついて、キナコと視線を合わせた。

「キナコ……」

「僕たちは仲間だろ？　どうして、ひとりでゼルディアを倒しに行こうとしてるんだよ？」

「……もう決めたことだ」

キナコは視線を僕からそらした。

「俺はひとりでゼルディアを倒す。お前たちの助けは必要ない」

「僕たちのことを心配してるんだね」

「……お前たちは、まだ未熟だからな」

「それでも、僕はキナコについていくよ」

僕はきっぱりと言った。

「六魔星のゼルディアを倒せば、国から報奨金も出るみたいだしね。僕も分け前が欲しいし、名声も手に入れたいから」

「ウソをつけ！」

キナコが肉球で僕を叩いた。

「お前が名声など気にするはずがない。もうちょっとバレないウソにしろ！」

「あ、でも、お金は欲しいよ。孤児院への寄付を増やしたいし」

「……はぁ」

キナコは大きなため息をついた。

「お前、わかってるのか？　ゼルディアは多くの町や村を滅ぼした魔族だぞ。Sランクの冒険者も奴に殺されている」

「もちろん、わかってるよ。六魔星の強さは魔族の中でも別格だって」

「それなのにゼルディアと戦うと言うのか？」

「うん。キナコを助けたいから」

僕は即答した。

「ピルンたちもなのだーっ！」

ピルンがキナコの背後から現れた。ピルンの隣にはアルミーネもいる。

「ごめん。遅くなって」

アルミーネが僕に声をかけた。

「いろいろ準備に時間がかかって」

「大丈夫だよ。この通り、足止めしておいたから」

「アルミーネ、ピルン」

キナコの目が丸くなる。

「お前たちもいっしょに来るつもりなのか？」

「当然でしょ」

アルミーネが言った。

「私たちは同じパーティーの仲間なんだから。それに六魔星を倒せば、『混沌の大迷宮』に入れる許可を国からもらえるかもしれないし」

「死ぬかもしれないんだぞ」

「弱いモンスターと戦う時だってそうでしょ。ゴブリンに殺された冒険者だって、いっぱいいるから」

「……はぁ」

キナコは白い爪で頭をかいた。

「バカな奴らだ。俺につき合う必要などないのに」

月光に照らされたキナコの瞳が僅かに潤んだ。

「……わかった。俺たちでゼルディアを倒して、報奨金を手に入れるぞ！」

◇◇◇

聖剣の団の屋敷の一室で、リーダーのキルサスはアルベル、ダズル、カミラと話をしていた。

「炎龍の団から報告書が届いた。ドールズ教の信者たちの罠にはまり、多くの冒険者たちが死んだ中、君たちは三人とも生き延びた。それは素晴らしいことだ」

キルサスは金色の長い髪に触れながら、アルベルたちを見回す。

「だが、問題もあったようだな。ダズル」

「あ……」

ダズルの体がぴくりと動いた。

「君が伝えたニセの情報のせいで、洞窟に閉じ込められたらしいな」

「そ、それは僕のせいじゃない」

ダズルの頬がぴくぴくと痙攣する。

「あんなの誰だって騙されるし、最終的に洞窟に入る判断をしたのは炎龍の団のメルトだから、僕の責任じゃないよ」

「だが、聖剣の団の団員が騙されたという事実は、こうやって記録される」

キルサスは冷たい視線をダズルに向ける。

「君のミスのせいで、また、聖剣の団の評判が落ちることになったんだ」

「あ……ぐ……」

　ダズルの顔から汗がだらだらと流れ落ちた。

「ダズル。君の次の給料は半分だ。文句はないな？」

「えっ？　半分ですか？」

　ダズルが驚いた声を出した。

「君の失敗のせいで、聖剣の団の名誉が傷つけられたんだ。その損失の一部を君にも支払ってもらう」

「で、でも、新しい短剣を買いたくて」

「それなら、歩合の仕事を増やせばいいだろう。倍以上働けば、給料は変わらないんだから」

「……は、はい」

　ダズルはこぶしを強く握り締めた。

　キルサスはアルベルに視線を移す。

「で、アルベル。聞きたいことがある」

「何ですか？」

　アルベルが首をかしげた。

「報告書にEランクの紙使いがプラントドラゴンを倒したと書かれていた。これはヤクモのことか？」

　その質問にアルベルは数秒間沈黙した。

「……そうです。ヤクモがプラントドラゴンを倒しました」

「へーっ、それはすごいわね」

部屋の隅に立っていたAランクの冒険者でエルフのエレナが口を開いた。

「あなたたちと違って、ヤクモは活躍したってことか」

「でも、それはヤクモの実力じゃありません！」

アルベルの声が大きくなった。

「たしかにヤクモはプラントドラゴンを倒した。でも、それはAランクのキナコがサポートしたからだし、すごい武器を持ってたからなんだ」

「すごい武器？」

「あいつのパーティーの錬金術師が作った短剣が刃の形を変えることができて、斬れ味もすごかったんだ。あんな国宝級の武器を持ってたら、俺だってプラントドラゴンを倒すことができます」

「国宝級の武器か……」

キルサスがぼそりとつぶやいた。

「それならば、プラントドラゴンの硬いウロコを斬ることもできるか」

「それだけじゃないよ」

アルベルの隣にいたカミラが言った。

「あの時は、みんなで戦ってて、プラントドラゴンはダメージを受けてた。私たちだって、後脚を攻撃してたし」

「ああ、そうさ」

アルベルが同意する。

「ヤクモは運よくプラントドラゴンに止めを刺しただけだ。奴自身が強いわけじゃない！」

「それはそうだが……」

キルサスはアルベルたちを見回す。

――こいつら、口だけは達者だが、たいしていい成果を残せてないな。しかもダズルは報告書に書かれるレベルのミスをしている。

キルサスの唇が僅かに歪む。

――だが、こいつらは複数の戦闘スキル持ちだし、将来はBランクになる可能性もある。ならば、団に残しておくべきだろう。

「……まあいい。お前たちはグリ村の魔氷狼《まひょうおおかみ》退治の仕事をやってくれ」

「わかりました」

アルベルたちが出て行くと、エレナがキルサスに歩み寄った。

「……ねえ、キルサス」

「わかってる。ヤクモのことだな」

キルサスは微笑した。

「どうやら、僕は少し間違っていたようだ」

「少し？」

「ああ。ヤクモは僕の予想より少しだけ強かった。それに運もいい。こうなると、彼を残してもよかったのかもしれない」

「残してもよかった……か」

エレナはキルサスをじっと見つめる。

「私の考えとは違うわね」

「ん？　どう違うんだい？」

「ヤクモは聖剣の団に絶対残すべき人材だったと思ってるわ」

「それはどうかな」

キルサスは肩をすくめた。

「今回、ヤクモが活躍したのは事実だろう。だが、アルベルたちが言ってたように、それは運と武器のおかげだ。プラントドラゴンを全員で攻めている時に、運よくヤクモが止めを刺せた。大型のモンスターを討伐する時によくあることだよ」

「運と武器だけじゃない。ヤクモはアルベルたちより戦況判断が優れていた。だから、プラントドラゴンの隙をつけたんじゃないの？」

「仮にそうだったとしても、それがヤクモの限界だ。彼は戦闘スキルを持ってないし、【紙使い】のユニークスキルは雑魚スキルだからな。必死に努力して、ようやくDランクの冒険者になれるレベルなんだよ」

キルサスは僅かに目を細くしてエレナを見る。

「君はヤクモが活躍したことで、彼の実力を過大評価してるんだ」

「うーん、過大評価ねぇ」

エレナは整った眉を眉間に寄せる。

「まあ、今さら、ヤクモのことを気にしてもしょうがないわね。それより、あの問題をなんとかしないと」

「新しい団員のことか？」

「ええ。三十人の募集をして集まったのは四人よ。これじゃあ、大きな仕事が受けにくくなるわ」

エレナがため息をついた。

「やっぱり、魔族との戦いで二十八人も犠牲者が出たのがまずかったわね。しかも、月光の団がその魔族を倒しちゃったから、聖剣の団の実力が疑われてる」

「それは僕がなんとかする」

「なんとかできるの？」

「ああ。聖剣の団の名誉を回復する手があるんだ」

キルサスの唇の両端が吊り上がった。

「君はゼルディアを知ってるだろ？」

「え、ええ。六魔星のゼルディアでしょ？」

「そのゼルディアを僕が倒したら、団員なんて何百人も集まると思わないか？」

「まさか、ゼルディアを倒すつもりなの？」

「そのまさかさ」

キルサスは部屋の壁に貼られたレステ国の地図を指さす。

「ゼルディアはエクニス高原にあるドールズ教の信者が作った村にいるという情報が手に入ったんだ」

「魔王領じゃない場所にいるの？」

「そうだ。しかも、魔王軍から離れて単独で行動しているようだ」

「単独でも六魔星よ。正直、Sランクのあなたでも勝てるとは思えないわ」

「たしかに僕だけでは難しいだろう。だが、神樹の団が動いてるんだ」

「神樹の団って、十二英雄のアスロムがリーダーをやってる……」

「ああ。それに月光の団のシルフィールも動く可能性があるらしい」

「十二英雄が二人か」

エレナはキルサスを見つめる。

「もしかして、その二人を利用する気なの？」

「悪くない手だろ」

キルサスはにやりと笑った。

「アスロムとシルフィールがゼルディアと戦っている時に僕も参戦すれば、ゼルディアを倒せる可能性が一気に上がるからな」

「そして、あなたは六魔星を倒した冒険者の一人として、名を上げるってことね」

「そうなれば、優秀な団員も集まってくるだろ？」

「それは……そうだけど」

　エレナが唇に指を寄せて考え込む。

「不確定要素が多すぎる気もするわ」

「やってみる価値はある。上手くいけば多額の報奨金がもらえるし、聖剣の団の名声を上げることができるだろう」

「あなたの強さは理解してるけど、危険すぎる気がするわ。六魔星に殺されたSランク冒険者は何十人もいるのよ」

「大丈夫さ。危険な状況なら、アスロムたちにまかせて撤退すればいい」

　キルサスはエレナの肩に触れた。

「君にも手伝ってもらうよ」

「私も？」

「ああ。君は回復魔法も使えるし、他のAランクは別の仕事をやってるからね」

「……わかったわ。でも、正面からゼルディアと戦う気はないから」

「僕もそのつもりだよ」

　そう言って、キルサスは上唇を舐めた。

――アスロムたちを利用して、美味しいところは僕がもらう。上手くやれば、十三番目の英雄になれるかもしれない。

◇◇◇

タンサの町を出てから五日後――。

夜の暗い森の中、僕、アルミーネ、ピルン、キナコは焚き火を囲んで、熱いハチミツ茶を飲んでいた。甘い香りが周囲に漂い、パチパチと枯れ木が爆ぜる音がする。

「で、キナコ」

アルミーネがキナコに声をかけた。

「そろそろエクニス高原だし、ゼルディアの情報を教えてくれる?」

「……そうだな」

キナコはハチミツ茶の入った木のコップを置いて、僕たちを見回す。

「ゼルディアの見た目は百歳を超えたような老人だ。背丈はあるが痩せていて、手の甲に赤い宝石が埋まっている」

「弱そうなのだ」

ピルンが言った。

「お爺ちゃん魔族なんて、ピルンの狂戦士モードで瞬殺なのだ」

「そんな甘い相手じゃないぞ」

キナコがピルンをにらみつける。

「ゼルディアは三属性の魔法が使えるし、白兵戦もやれる。それに武器も強力だ」

「どんな武器なの？」

僕はキナコに質問した。

『『生きている剣』だ」

「生きている剣？」

「ああ。意思を持っていて、宙を自在に飛び回って攻撃を仕掛けてくる」

「それって、すごく危険だよね？」

「まあな。ある意味、二人と戦うようなものだ」

「それなら、こっちは四人なのだ！」

ピルンが指を四本立てた。

「ピルンたちの連携攻撃は無敵なのだ」

「無敵は言い過ぎよ」

アルミーネがピルンの肩を軽く叩く。

「でも、私たちの連携は上手くいってると思う。格闘家に狂戦士の前衛と錬金術師の後衛でも珍しいのに、紙使いのヤクモくんもいるから」

「たしかにヤクモの能力は予想しにくいからな」

キナコは僕を見つめる。

「数百年生きているゼルディアも紙使いと戦った経験はないだろう」

「そうね。ヤクモくんはどんどん強くなってるし、相手が六魔星でも勝算はあると思う」

「ああ。必ずゼルディアを倒すぞ！」

キナコの言葉に僕たちは大きくうなずいた。


数時間後、僕は見張りをしながら、魔法のポケットに収納している紙のチェックをしていた。

魔防壁用の紙は強度五から十まで揃ってる。風手裏剣と操紙鳥の数も問題ない。ただ、『黄金紙吹雪』に使う紙は枚数が足りてないな。これじゃあ、威力が弱まってしまう。

「もっと、時間があればなぁ」

僕は眠っているアルミーネたちを起こさないように小さな声でつぶやいた。

新しい紙のストックを増やすためだから、仕方ないか。

あの技を使うためには多くの特別な紙が必要だけど、今までとは違う戦い方ができる。戦況によってはすごく役に立つはずだ。

それに、あの紙も……。

その時、頭上から一枚の葉がゆらゆらと落ちてきた。

僕は意識を集中して、魔法のポケットから一枚の紙を出す。上から落ちてきた葉が紙のふちに触れると同時に二つに切れる。

この紙は目に見えない速さで細かく振動している。この振動を利用すれば、強力な武器が作れるはずだ。

ただ、欠点は具現化時間か。

目の前に浮かんでいた紙がすっと消える。

となると、他の効果も組み合わせて、一撃で敵を倒せるような技にするのが理想か。

巨大なモンスターも倒せて、魔法の壁も壊せるような……。

ふと、子供の頃に読んだ絵本のことを思い出した。

戦いの神バルドが大剣で大地を断ったなんて話があったな。

「戦いの神バルドか……」

魔法の鎧を装備して、黄金色の大剣を構えるバルドの姿が脳裏に浮かび上がる。

子供の頃はすごく憧れてた。バルドみたいな強い人になりたいって。

「現実は厳しいな」

僕はふっと息を吐き出して、自分の細い腕を見つめた。


次の日、僕たちはエクニス高原に到着した。

視界に緑色の草原が広がっていて、その先に大きな森が見える。

草や木の種類が低地とは違ってるな。それに高地のせいか空気が冷たく感じる。

「まずはドールズ教の隠れ村探しね」

アルミーネは魔法のポーチから、青黒い長方形のカードを取り出した。カードは半透明で四隅に赤い宝石が埋め込まれていた。

アルミーネはそれを右目に近づけ視線を動かす。

「それは何なのだ?」

ピルンがカードを指さす。

「隠れ村を探すために作った魔道具だよ。このカード越しに景色を見ると、魔法の痕跡がある場所が青白く輝くの。きっと役に立つと思う」

「たしかに使えそうだな」

キナコが言った。

「隠れ村は大規模な幻惑魔法で遠目からは見えなくなっているはずだ。それがわかるのなら、効率よく動くことができる」

「ええ。私がついてきてよかったでしょ」

アルミーネはキナコにウインクする。

「お礼は肉球を触らせてくれるだけでいいから」

「ちっ、三分だけだぞ」

キナコは不機嫌そうに舌打ちをした。

◇　◇　◇

エクニス高原の入り口に三十人の冒険者たちが集まっていた。

全員が白色を基調とした服を着ていて、魔法の武器を持っている。

白い鎧を装備した女戦士が紫色の髪をした青年に歩み寄った。

青年は金の刺繍をした服を着ていて、両腕に金の腕輪をはめていた。太めのベルトにはSランクの証である金色のプレートがはめ込まれている。

「アスロム様」

戦士の女が十二英雄の名を口にした。

「周囲に魔族やモンスターの気配はありません」

「みたいだね」

青年――アスロムは紫色の瞳で冷たい風に揺れる草原を見回す。

「とりあえず、今日は斥候を出して、残りは夜営の準備をしようか」

「いいのですか？」

女が首をかしげる。

「ゼルディアを狙って、他の団やパーティーも動いている情報があります。彼らに先を越されてしまうかもしれません」

「それはいいことじゃないか」

「いいこと……ですか？」

「ああ。重要なのは六魔星のゼルディアを倒すことで、誰が倒したかは関係ないよ」

アスロムはにっこりと笑った。

「僕たち以外の誰かがゼルディアを倒してくれるのなら、楽でいいじゃないか。犠牲者も出ないしね」

「は……はぁ」

女は目を丸くしてアスロムを見つめる。

「ははっ。さすがアスロム様ですな」

白銀の鎧を装備した体格のいい重戦士の男が笑い出した。

「六魔星を倒す名誉などいらないということですな。やはり、あなたこそが真の英雄です」

「そんなことはないよ」

アスロムは首を左右に振る。

「十二英雄の中には僕より強い英雄が何人もいる。彼らこそが真の英雄さ」

「俺はそうは思いませんね。真の英雄は強さだけではなく、心も清廉でなければ」

「私もダグラスと同じ考えです」

女が言った。

「アスロム様は強くて優しい完璧な英雄だと思います」

「テレサもダグラスも身内びいきが過ぎるよ」

アスロムは肩をすくめる。

「まあ、君たちの期待に応えられるように、明日からしっかりと隠れ村を探すことにするか」

「はいっ！」

神樹の団の団員たちが元気よく返事をした。

◇◇◇

森の中を歩いていたアルミーネの足が止まった。

アルミーネは半透明のカードを右目に当てて、結んでいた唇を開いた。

「あの大きな木……怪しいなぁ」

アルミーネが指さした木は周囲の木と変わらないように見えた。

「何か変なの？」

僕の質問にアルミーネは半透明のカードを僕の顔の前に差し出した。

カード越しに木を見ると、木全体が青白く輝いている。

僕たちは周囲を警戒しながら、その木に近づいた。

アルミーネが木の幹に触れると、人が通れるぐらいの穴が開く。

「ちょっと待って」

アルミーネは呪文を唱えて、穴に右手を入れる。

「……うん。問題なさそうね」

アルミーネは木の中に入っていく。僕、ピルン、キナコもその後に続いた。

穴から出ると、目の前に村があった。

村には百軒ほどの家が建っていて、中央に巨大な穴があった。穴の周囲には黒いローブを着た信者たちがいる。

「やっと見つけたね」

アルミーネがキナコの肩を叩いた。

「……ああ。感謝するぞ」

キナコは瞳孔を縦に細くして村を見つめる。

僕はキナコの隣で村の様子を確認する。

信者の数は……四百人以上はいそうだな。武器は……短剣が多いか。

その時、穴の近くに司教のルーガルがいることに気づいた。ルーガルは数人のダークエルフと話をしている。

ダークエルフもいるのか。

ダークエルフは全員が銀髪で褐色の肌をしていた。耳はエルフと同じように尖っていて、整った顔立ちをしている。

「ゼルディアの部下だろうな」

キナコが牙を鳴らす。

「ゼルディアは自分の軍隊から離れて動くことがある。そういう時にも十人のダークエルフの護衛だけはいっしょに行動している」

「強いの？」

「全員がAランククラスの冒険者だと思っておけ」

「Aランクが十人か……」

僕は唇を噛んでダークエルフを見つめる。

面倒だな。ルーガルの盾の魔法もあるし、ドールズ教の信者にも強者はいるはずだ。

「……キナコ。夜になるまで様子を見よう。まずはゼルディアがどこにいるのか確認したほうがいい」

「そうだな」

キナコは視線を村に向けたまま、口を動かす。

「村に潜入して情報を集めるにも夜のほうがいいだろう」

「それなら、僕は村の周囲を確認してくるよ。ゼルディアを倒した後に逃げるルートを見つけておきたいし」

「わかった。気をつけろよ」

キナコは僕の腰を肉球で叩いた。

その後、僕は森の中を移動しながら、周囲の地形を確認する。

村を囲うように枝葉の多い木が生えてるな。それにトゲ草の茂みも多い。トゲ草は葉がノコギリのようにギザギザで肌や服を傷つける。多分、村が見つからないように信者たちが植えたんだろう。

数十メートル移動すると、崖の上に出た。

「崖か……」

この崖は利用できそうだ。ここで紙の橋を具現化すれば、逃げる時に距離を稼げる。

その時、村のある方向から、声が聞こえてきた。

僕は音を立てないように移動して、木の陰から村を確認する。

信者たちが武器を持って広場に集まっているのが見えた。

ダークエルフの女が信者たちに向かって何かを話している。

んっ？　どうしたんだろう？

数分後、二百人を超える信者たちがダークエルフの女といっしょに森の中に入っていった。

これは何かあったな。戻ったほうがよさそうだ。

僕は頭を低くして、その場から離れた。

「アルミーネ。何があったの？」

僕はアルミーネに質問した。

「多分、他の冒険者が見つかったんだと思う」

アルミーネが言った。

「ゼルディアがエクニス高原にいる情報を知ってる冒険者は私たちだけじゃないから」

「俺たち以外にも無謀なことを考えている奴らがいるようだな」

キナコはふっと息を吐き出す。

「……だが、これで村への潜入がしやすくなった。信者の数が一気に減ったからな」

「そうだね。もうすぐ日が暮れるし」

僕は視線を西に向ける。木々の間から山吹色の太陽が見えた。

「多分、ゼルディアは穴の中にいると思う」

「どうしてそう思う？」

「ダークエルフの数からかな。信者といっしょに村から出て行ったダークエルフが一人で、それ以外に姿が見えているダークエルフが五人。だから、残り四人のダークエルフとゼルディアは穴の中にいるんじゃないかな」

「……なるほど。可能性は高そうだ」

キナコは鋭い視線を村の中央にある穴に向ける。

「となると、どうやって穴の中に入るかが問題だ。穴に入る階段の前にもダークエルフがいるからな」

「階段は使わなくていいよ。紙の足場でなんとかなるから」

「でも、それじゃあ、ダークエルフに見つかってしまうのだ」

ピルンが言った。

「ダークエルフは夜目が利くからな。危険で危ない相手なのだ」

「それなら、いい手があるかも」

僕は特別な紙が入っている上着のポケットに触れた。


作戦を話した後、僕たちは村の端にある家の前まで移動した。

「みんな準備はいい？」

僕の言葉にアルミーネ、ピルン、キナコがうなずく。

魔法のポケットに収納している紙を使って……。

僕は右手を前に出し、新たな魔式を脳内でイメージする。

数万枚の紙が重なり合い、頭部が三つある巨大なドラゴンを形作る。

「いけっ！　『ペーパードラゴン』！」

「ゴオオオオ！」

ペーパードラゴンに使用した特別な紙が僕の思考を読み取り、村に突っ込んでいく。

木製の家が壊され、近くにいた信者がペーパードラゴンの巨体に当たって弾き飛ばされる。

「どっ、ドラゴンだ！　ドラゴンがいるぞ！」

信者の声が村の中に響き渡る。

「どうして、ドラゴンが村の中にいるんだ？」

「そんなことはいいっ！　とにかくこいつを倒せ！」

信者たちは家を壊して暴れ回るドラゴンを取り囲む。

「ゴアアアアーッ！」

ペーパードラゴンは三つの口を開いた。その口から紙で作った小さな針が無数に吐き出される。

数十人の信者の体に針が突き刺さった。

「があああああっ！」

信者たちの悲鳴が聞こえてくる。

その騒ぎに気づいて、四人のダークエルフがペーパードラゴンに魔法攻撃を仕掛けた。

火球の魔法がペーパードラゴンの前脚に当たり、燃え広がる。

「火だっ！　こいつには火の魔法が効くぞ！」

長身のダークエルフが叫ぶと、他のダークエルフたちも火の魔法を使用する。

火球が次々とペーパードラゴンに当たり、炎が全身に広がっていく。

「いいぞ。一気に燃やしてしまえ！」

信者たちがペーパードラゴンを取り囲む。

その時――。

ペーパードラゴンの巨体が爆発した。

周囲にいた信者たちの体が吹き飛び、飛び散った燃えている紙が周囲の建物に引火する。

「ひ、火を消せっ！」

焦っている信者たちの声が僕の耳に届いた。

ペーパードラゴンの体は紙でできているから火に弱い。でも、その特性を利用して、自爆攻撃で広範囲にダメージを与えられるような仕掛けを作っていた。それが上手くいったみたいだ。

「よし！　行こう！」

僕たちは頭を低くして、村に潜入した。音を立てないようにして穴に近づき、素早く紙の足場を具現化する。

視線を階段に向けると、その前にいたダークエルフが周囲にいる信者たちに指示を出していた。

今なら行ける！

僕たちは紙の足場を使って、穴に下りた。

穴は二十メートル以上の深さがあり、側面に石作りの通路がある。

その通路を進むと、ダークエルフの姿が見えた。

ダークエルフも僕たちに気づく。

「侵入者かっ！」

ダークエルフは腰に提げた鞘から黒い短剣を引き抜く。

同時にキナコが動いた。

一直線にダークエルフに近づき、白い爪で太股を斬り裂く。

「くあっ！」

ダークエルフは痛みに顔を歪めながら、短剣を突き出す。

キナコは頭を低くしてその攻撃を避けた。ダークエルフは左手のひらをキナコに向ける。真紅の火球が具現化する。

しかし、その火球が放たれる前にキナコが動いた。右の壁を足で蹴り、ダークエルフの背後に回り込む。

「かああっ！」

ダークエルフは体を捻りながら、蹴りを放つ。

「遅いっ！」

キナコはダークエルフの側面に移動して、肉球を突き出す。ドンと大きな音がして、ダークエルフの体が石壁にぶつかった。

「ぐっ、ぐ……」

ダークエルフの体が傾き、前のめりに倒れた。

「ふぅ……」

キナコは溜めていた息を吐き出した。

「なんとか速攻で倒せたな」

「さすがキナコなのだ」

ピルンがキナコに駆け寄った。

「強いダークエルフも楽勝で倒したのだ」

「楽勝じゃないぞ」

キナコが自分の肩を指さす。茶トラの毛の一部が赤く染まっていた。

「このダークエルフ、魔法の腕前はほどほどだが、剣技は見事だった」

「キナコっ、じっとしてて」

アルミーネがキナコに回復魔法をかける。

簡単にはいかないか。

僕は前方を警戒しながら、唇を強く噛む。

ただ、ここでダークエルフの数を一人でも減らせたのはよかった。

薄暗い通路を進み続けると、視界が一気に広がった。

円柱が均等に並んでいて、高い天井と繋がっている。奥には巨大な邪神ドールズの像が建っていた。

像は高さが十メートル以上あって、頭部に無数のヘビを生やしていた。

「ここがドールズ教の神殿だったのか」

掠れた声が僕の口から漏れる。

巨大な像から視線を落とすと、祭壇の前に司教のルーガルの姿があった。ルーガルの側には三人のダークエルフと老人がいる。

老人の背丈は高く、手足は長く細い。両手の甲には赤い宝石が埋め込まれていた。

あいつがゼルディアか。

「お前たち……」

ルーガルが僕たちに気づいた。

「何故、ここにいる？」

「そんなことはどうでもいい」

キナコが一歩前に出て、ゼルディアをにらみつけた。

「やっと会えたぞ。六魔星ゼルディア」

「んっ……」

ゼルディアがキナコと視線を合わせる。

「お前は誰だ？」

しわがれた声がゼルディアの口から漏れた。

「俺はキナコ。ジャレゴ村の出身だ」

「ジャレゴ村？」

「お前が滅ぼした猫人族の村だ！」

キナコが声を荒らげた。

「お前は猫人族の死体を手に入れるために、村にいたほとんどの猫人族を部下に殺させた。老人も子供もな」

「それのどこに問題がある？」

ゼルディアが首をかしげた。

「この世界は強者が支配する世界だ。猫人族のような弱い種族は殺されても仕方がない」

「仕方がないだと？」

「ああ。それがイヤなら戦って敵を殺せばいい。それがこの世界の理ではないか」

「……そうか。そういう考えなんだな」

キナコがぶるぶると体を震わせた。

「ならば、俺がお前を殺しても問題ないってことだな」

「……ふっ。面白いことを言う」

ゼルディアの青紫色の唇の両端が吊り上がった。

「猫人族ごときが我と戦うつもりか」

「そのために俺は生きてきたからな」

「お前はゼルディア様と戦うことなどできない」

長身のダークエルフが口を開いた。

キナコはゆっくりと前に出る。

「お前に殺された同族たちの復讐、ここで果たす！」

「なぜなら、俺に殺されるからだ」

「お前が護衛部隊の隊長のようだな」

「そうだ。俺はザムド。ゼルディア様の敵は全員俺が殺す」

ダークエルフ――ザムドは紫色の短剣を構える。

「ザムド」

ゼルディアがザムドの肩を叩く。

「その四人はお前たちにまかせる。我は十二英雄のアスロムを殺すとしよう」

「ん？　アスロムだと？」

キナコが首を右に傾けた。

「……そうか。神樹の団もエクニス高原に来てるんだな。それで、さっき信者たちが村の外に出て行ったわけか」

「知らなかったようだな」

ルーガルが言った。

「どうやら、お前たちは単独で動いているようだ。ふふっ」

「何がおかしい？」

「頭が悪いと思っただけだ。たった四人だけでここに来るとは」

ルーガルはゼルディアに向かって頭を下げる。

「ゼルディア様。こいつらは私たちにおまかせを。Ａランクの冒険者が一人だけで、他は雑魚です。すぐに殺せます」

「わかった。お前たちは後から来い」

そう言うと、ゼルディアは呪文を唱えた。

「逃げる気か！　ゼルディア！」

キナコが叫ぶと同時にゼルディアの姿が消えた。

「ちっ……転移の魔法かっ！」

キナコはぎりぎりと牙を鳴らす。

「では、終わらせるとするか」

ザムドがゆっくりとキナコに歩み寄る。

「この猫人族は俺が殺す。お前たちは後ろにいる三人を殺せ」

その言葉と同時に二人のダークエルフが動いた。

短剣を握り締め、僕たちに突っ込んでくる。

「ピルン！　アルミーネと二人で戦って！」

そう言って、僕は魔喰いの短剣を握り締める。

「死ねっ！」

右側にいたダークエルフが大きく左足を踏み出し、短剣を突き出した。

僕は魔喰いの短剣でその攻撃を受ける。

「まだだっ！」

ダークエルフは連続で短剣を突く。

僕は下がりながら、反撃の機会を待つ。

このダークエルフの攻撃、違和感がある。僕の手や腕ばかり狙ってくるし、強く刺そうとも考えてないみたいだ。

よく見ると、ダークエルフの持つ短剣には小さな穴がいくつも開いていて、そこから半透明の液体が染み出している。

毒か……。

僕は唇を強く噛んで、ダークエルフから距離を取る。

一瞬、視線を動かすと、狂戦士モードになったピルンがカラフルなマジカルハンマーを振り回し、ダークエルフを攻撃している。

ダークエルフは後方にいるアルミーネの魔法を警戒して、強く攻めることができないようだ。

早めに目の前のダークエルフを倒して、アルミーネたちをサポートするんだ。

僕は呪文を唱えているダークエルフに突っ込む。

ダークエルフの周囲に四つの赤黒い球体が具現化した。

その前にっ！

僕は靴底と同じ形に切り抜かれた透明の紙を五つ具現化してジャンプした。その紙を足場にして、さらに連続でジャンプする。

空中でジャンプを繰り返す僕の動きを見て、ダークエルフの目が大きく開いた。

「く……何だこいつっ！」

ダークエルフは慌てた様子で短剣を突き出す。その攻撃をジャンプでかわし、体をひねりながら、魔喰いの短剣を振った。青白い刃が一気に伸びて、ダークエルフの頸動脈を斬る。

青紫色の血がダークエルフの首から噴き出した。

「があっ……」

周囲に浮かんでいた赤黒い球体が消え、ダークエルフが倒れた。

僕はアルミーネたちと戦っているダークエルフに向かって走る。

「『風手裏剣』！」

コートのポケットにストックしていた紙の手裏剣を十本出す。風属性を付与した手裏剣が弧を描いてダークエルフの体に突き刺さった。

同時にピルンがダークエルフに突っ込み、マジカルハンマーを振った。ダークエルフの体が飛ばされ、円柱に激突する。

よし！　これで残りは……。

視線を動かすと、キナコがザムドを圧倒していた。ザムドの服はキナコの爪で切り裂かれていて、青紫色の血が滲んでいる。

「くっ……猫人族ごときにやられるものかっ！」

ザムドは左手のひらをキナコに向ける。直径二十センチほどの光球がキナコに向かって発射された。キナコは頭を下げて光球をかわし、ザムドの左足首を左手で掴む。そのまま体を丸めるようにしてザムドの足に絡みついた。

ザムドの足がかくりと折れ、地面に倒れた。

「ぐっ……くそっ！」

立ち上がろうとしたザムドの胸元をキナコの肉球が叩いた。

ドンと大きな音がして、ザムドの胸が陥没する。

「がっ……あ……」

ザムドの口から血が流れ落ち、金色の目から輝きが消えた。

「バカな……」

ルーガルが色を失った唇を動かす。

「俺たちを甘くみたな」

キナコがルーガルに駆け寄る。

「ぐっ……」

ルーガルは素早く呪文を唱えて、半透明の壁を具現化した。

アルミーネが壁に走り寄り、呪文を唱える。

ガラスが割れるような音がして、壁の一部が消える。

それを見たルーガルは僕たちに背を向けて、祭壇の奥に消えた。

僕たちは壁に開いた穴を通り抜け、ルーガルを追いかける。

祭壇の奥には螺旋階段があった。

螺旋階段を駆け上がると、倉庫のような場所に出る。

視線を動かすと、扉から外に出て行こうとしているルーガルの姿が見えた。

逃がさない！

僕は紙の鎖を具現化した。紙の鎖は一直線に伸び、ルーガルの足首に絡みつく。

「ぐうっ……」

ルーガルは扉の前で呪文を唱える。

「そうはさせん！」

透明の壁が具現化するが、その前にキナコはルーガルに接近する。

「舐めるなっ！」

ルーガルは右手の指輪をキナコに向ける。青い宝石から光線が発射された。

『肉球縮地《にくきゅうしゅくち》』！」

キナコの体が前に傾くと同時に、一瞬でルーガルの側面に移動した。

ルーガルは慌てて呪文を唱えようとする。

「遅いっ！」

長く伸びた白い爪がルーガルの胸元に突き刺さった。

「ゴブッ……き、貴様ら……」

ルーガルはがくりと両ひざをついた。

「どうして……こんなに強い？」

「プレートの色で判断したお前のミスだ。俺は多くの魔族を殺し、AランクだがSランクの実力があると冒険者ギルドにも認められている」

キナコはベルトに挟み込まれた銀色のプレートに触れる。

「それに俺の仲間たちも全員が強者だからな」

「ぐうっ……」

ルーガルはキナコをにらみつけたまま、絶命した。

「ふん。死刑の日にちが早まったな」

キナコは白い爪についた血を払う。

僕は扉に近づき、隙間から外を確認した。

多くの家が燃えていて、白い煙が周囲に漂っている。

信者たちの声が遠くから聞こえてくる。

「もっと水をもってこい！　このままじゃ、集会所も燃えてしまうぞ！」

「リックを呼べ。あいつなら水属性の魔法が使える」

「それより、ルーガル様に報告しなければ」

「俺が伝えてくる！」

茶髪の信者が僕たちのいる倉庫に近づいてきた。

僕たちは素早く倉庫の棚に隠れる。

扉が開き、茶髪の信者が倉庫に入ってきた。

茶髪の信者の視線が倒れているルーガルに向いた。

「るっ、ルーガル様！」

ルーガルに駆け寄った茶髪の信者にキナコが駆け寄った。

左手で茶髪の信者の髪を掴み、右手の白い爪を首筋に当てる。

「動くな。動くとお前も死ぬことになるぞ」

「……お、お前たち、何者だ？」

茶髪の信者が驚いた顔で僕たちを見る。

「質問は俺たちがする。神樹の団はどこにいる？」

「……神樹の団？」

「さっき、百人以上の信者が村を出て行ったな。神樹の団と戦うためだろ？」

「それは……」

「話す気がないのなら、ここでお前を殺す。文句はないだろ？　それがドールズ教の教えなのだから」

「……み、南だ。南にある巨岩の近くの草原に神樹の団はいる」

「よかったな。捕まって死刑になるまで命が延びたぞ」

キナコは肉球で茶髪の信者の後頭部を叩いた。茶髪の信者は一瞬で気を失った。

「よし！　これでゼルディアがいる場所がわかった。信者どもが混乱してるうちに村を脱出するぞ！」

◇◇◇

巨大な月に照らされた夜の草原で、神樹の団の団員たちがドールズ教の信者たちに囲まれていた。信者たちの数は二百人以上いて、ダークエルフの女が指示を出している。

「アスロム様」

戦士のテレサが眉間にしわを寄せて、十二英雄のアスロムに走り寄った。

「後方にも杖を持った魔道師らしき信者が五人以上います」

「……なるほど。ドールズ教の信者の中でも精鋭ってところか」

アスロムは紫色の瞳で信者たちの位置を確認する。

「よくない状況ですね」

重戦士のダグラスが頭をかく。

「戦力の差は七倍近いですよ。しかも、毒つきの武器を持ってる者も多い」

その言葉に近くにいた団員たちの表情が強張る。

「落ち着くんだ」

アスロムは団員たちを見回す。

「この程度の苦境は何度も乗り越えてきただろ?」

「そうですね」

ダグラスがにやりと笑った。

「二体のドラゴンと同時に戦った時に比べれば、まだ、なんとかなりそうです」

「ああ。ダークエルフも一人だけみたいだしね」

アスロムは視線をダークエルフの女に向ける。

ダークエルフの女が口を開いた。

「十二英雄のアスロムはいるか？」

「……僕に何か用かな？」

アスロムは数歩前に出て、ダークエルフの女と視線を合わせる。

「お前がアスロムか」

ダークエルフの女は口角を吊り上げる。

「私はゼルディア様の忠実なる部下のディドラ。お前に話がある」

「話って？」

「降伏しろ。そうすればお前の命だけは助けてやる」

「僕だけ？」

「そうだ。いい条件だろう。お前は戦わずにそこに立っているだけでいい。その間に私たちが残りの冒険者を殺す」

「……それって、僕に人族を裏切れってことかな？」

「そうするしかないだろう。戦えば、お前は死ぬのだからな」

ディドラは不思議そうな顔で首をかしげる。

「戦えば、お前もお前の部下も死ぬ。降伏すれば、お前だけは生き残ることができる。ならば、選択肢は後者しかない」

「……そうか。君は十二英雄のことをわかってないね」

アスロムは柔らかな声で言った。

「そんな条件を出して、降伏する十二英雄なんて一人もいないよ。それに選択肢もその二つだけじゃないからね」

「二つだけじゃない？」

「ああ。君たちを倒して、全員生き残るって選択肢もあるから」

アスロムは腰に提げた鞘から、ロングソードを引き抜く。

そのロングソードは刃が七色に輝いていて、柄の部分に魔法陣が刻まれた宝石が埋め込まれていた。

「ドールズ教の信者たちに警告する！　すぐに武器を捨てて降伏するんだ。でないと全員死ぬことになるぞ」

「それは降伏しても同じだろ」

信者の男が黒い短剣を構えて口を開いた。

「俺たちが捕まったら、ほとんど死刑になる。運がよくても無期懲役だ。だから、降伏なんて意味ねぇんだよ」

他の信者たちがうなずく。

「そうだ。俺たちは降伏なんてしない！　ここでお前たちを全員殺せば、何の問題もないからな」

「ああ。こっちには六魔星のゼルディア様がついているんだ。十二英雄なんか恐くないぜ」

「……そうか。君たちが改心することを期待したんだけど」

アスロムは一瞬まぶたを閉じる。

「本当に残念だよ」

「バカな男だ」

ディドラは金色の目でアスロムを見つめた。

「ならば、ここで死ぬといい。自分の選択を後悔しながらな」

ディドラが右手をあげると、後方から六体の青黒いオーガが現れた。オーガは背丈が三メートルを超えていて、全身の皮膚が岩のようにごつごつとしていた。

「このオーガはゼルディア様が特別な秘術で生み出した『ロックオーガ』だ。通常のオーガより、パワーも耐久力も格段に上だぞ」

ロックオーガは丸太のような足を動かして、アスロムたちに近づいてくる。その動きに合わせて、周囲を囲んでいた信者たちが動き出した。

「全員殺せ！」

信者の男が叫ぶと、宙に無数の火球が具現化した。

同時に神樹の団の魔道師が頭上に半透明の壁を作る。その壁に火球が当たり、橙色の火花が散った。

「グオオオオッ！」

ロックオーガが右手を振り下ろした。ブンと大きな音がして、剣で受け止めようとした団員の体を叩き潰す。

「オーガとまともに戦うな！」

アスロムが叫んだ。

「それよりも信者の数を減らして、包囲を突破するぞ！」

「おおーっ！」

団員たちが信者たちに突っ込んでいく。

その時、戦士のテレサにロックオーガが襲い掛かった。ロックオーガの巨大なこぶしがテレサのロングソードを叩き落とす。

「テレサっ！　下がって！」

アスロムがロックオーガに駆け寄った。ロックオーガもアスロムを狙う。

「グオオオーッ！」

ロックオーガのパンチを避け、アスロムはロングソードを振った。

甲高い金属音がして、ロックオーガの脇腹に小さな傷がつく。

「ははっ、ロックオーガの皮膚は魔法剣でもダメージを与えることはできない」

ディドラは勝ち誇ったように笑った。

「十二英雄の剣でも、その程度か」

「国宝『七光彩剣《しちこうさいけん》』を舐めないほうがいい！」

アスロムは深く息を吸い込み、柄の部分にある魔法陣が刻まれた宝石に触れる。七光彩剣の刃が輝きを増す。

「はあああっ！」

アスロムは七光彩剣を斜め下から振り上げた。剣の軌道を彩るように小さな虹が現れ、ロックオーガの腕が地面に落ちた。

ディドラの目が大きく開く。

アスロムはロックオーガの横をすり抜けて、ディドラに向かって走り寄る。

「させるかよっ！」

四人の信者がアスロムの前に立ち塞がった。その手には黒い短剣が握られている。

「死ねっ！　アスロム！」

四人の信者が同時に攻撃を仕掛けた。

「『時神《ときがみ》の加護《かご》』！」

アスロムの姿が消え、一瞬で数メートル先に移動した。

呆然とする信者たちの胸をアスロムは七光彩剣で連続で突く。

信者たちが同時に倒れる。

「アスロム様に続け！」

ダグラスが叫んだ。

「神樹の団の力を見せつけてやれ！」

「うおおおーっ！」

団員たちが雄叫びをあげて、信者たちに攻撃を仕掛けた。

神樹の団の団員たちの戦闘能力は高く、全員が複数の戦闘スキル持ちだった。集団での戦闘に慣れていて、その連係攻撃に信者たちは対応することができなかった。

一気に信者たちの数が減っていく。


「さすがに神樹の団は強いな」

遠くから戦いを見ていた聖剣の団のキルサスが口を開いた。

「信者に取り囲まれていた時は全滅すると思っていたが」

「見てないで早く助けに行ったほうがいいんじゃない？」

隣にいたエレナが言った。

「戦況は神樹の団が有利だけど、犠牲者もそれなりに出てるわ。ここで私たち十人が戦闘に参加すれば早く戦闘を終わらせることができる」

「まだだ」

キルサスはロックオーガと戦っているアスロムを指さす。

「全てのオーガをアスロムが倒すまで待つんだ。そうすれば、僕たちのリスクが一気に減る」

「リスク？」

「ああ。僕は聖剣の団のリーダーだ。団員を守る責任があるからね。それに神樹の団の団員は、もう少し減ったほうがいい。そのほうが僕たちの戦力と均衡も取れる」

「キルサス……」

エレナの眉間に深いしわが刻まれた。

「いいか、みんな！」

キルサスは背後にいる八人の団員に声をかけた。

「突入の合図は僕がする。それまで絶対に動くなよ」

八人の団員たちが無言でうなずいた。

――よし！　最高のタイミングで突入して、十二英雄のアスロムに貸しを作ってやる！

キルサスの唇の両端が大きく吊り上がった。

その時――。

東側から、数十人の冒険者が戦場に突っ込んできた。

その先頭には銀髪のツインテールの少女――十二英雄のシルフィールの姿があった。

シルフィールは細長い円柱の両端に黄金色の刃がついた武器『双頭光王《そうとうこうおう》』で信者を斬りながら、ディドラに駆け寄る。

ディドラがシルフィールに気づき、呪文を唱えた。数十本の炎の矢が宙に具現化する。その矢を双頭光王で叩き落としながら、シルフィールはさらに前に出た。

「くっ……」

ディドラは黒い短剣を鞘から引き抜く。

「遅いっ！」

シルフィールは双頭光王を真横に振った。黄金色の刃がディドラの腹部を斬った。

「があっ……ぐ……」

ディドラは顔を歪めたまま、地面に倒れる。

同時にアスロムが最後のロックオーガを倒した。

「にっ、逃げろっ！」

信者たちが一斉に逃げ出した。

その光景を見ていたキルサスが唇を強く噛む。

――しまった。まさか、月光の団のシルフィールが参戦してくるなんて。せっかく、アスロムに恩を売るチャンスだったのに。

ぎりぎりと歯を鳴らしているキルサスを見て、エレナは深く息を吐き出した。


「シルフィール。感謝するよ」

アスロムがシルフィールに駆け寄った。

「君たちのおかげで窮地を脱することができた」

「互角以上に戦ってた気もするけど」

シルフィールは周囲に倒れている信者たちを見回す。

「まっ、いいわ。で、ゼルディアは見つけたの？」

「いや、ドールズ教の隠れ村も見つけてないよ」

　アスロムが首を左右に振る。

「ただ、ゼルディアが近くにいるのは間違いないようだ。君が倒したダークエルフの女はゼルディアの部下のようだしね」

「ふーん。じゃあ、まだゼルディアを倒すチャンスはあるってことね」

　シルフィールは唇を舐める。

「そのことだけど、いっしょにゼルディアを倒さないか？」

「んっ？　あなたと？」

「ああ。神樹の団と月光の団で」

　アスロムは月光の団の団員たちを見る。

「君たちが協力してくれれば、ゼルディアを倒せる確率が上がる。君は十二英雄だし、月光の団はタンサの町で一番実力がある団だからね」

「それなら、あなたも十二英雄だし、神樹の団の実績もレステ国でトップクラスじゃない」

　シルフィールは首を右に傾けて頭をかく。

「まあいいわ。重要なことは六魔星のゼルディアを確実に倒すことだから」

「ありがとう。心強い味方ができて嬉しいよ。じゃあ……んっ？」

　アスロムは、近づいてくる十人の冒険者たちに気づいた。

　先頭にいるキルサスがアスロムの前で丁寧に頭を下げた。

「アスロムさん。僕たちも協力させてください」

「君はたしか……」

「聖剣の団のキルサスです」

キルサスは白い歯を見せた。

「こんなところで十二英雄に会えるとは驚きです」

「君たちもゼルディア討伐が目的かな？」

「はい。多くの町や村を滅ぼした六魔星ゼルディアは絶対に倒すべき存在ですから。微力ですが、僕たちも手伝わせてください！」

「ああ。もちろんだ。よろしく頼む」

アスロムはキルサスと握手した。

「聖剣の団……ね」

シルフィールがキルサスに近づいた。

「今度は大丈夫なの？」

「今度は？」

キルサスが首をかしげた。

「どういう意味ですか？　シルフィールさん」

「行方不明になった調査団の救出の依頼のことよ。あなたたち聖剣の団は三十人中二十八人の犠牲者を出したでしょ」

「……あぁ。あのことですか」

キルサスの眉がぴくりと動いた。

「あの時は、聖剣の団に入団したばかりの団員がミスをしてしまったようです。でも、今回はSランクで団のリーダーでもある僕がパーティーをまとめていますから」

「……そう。まあ、あなたはSランクみたいだし、戦闘力は問題なさそうね」

「もちろんです。十二英雄のお二人には及びませんが、お役に立てる自信はあります」

キルサスの口角が吊り上がった。

――これでいい。十二英雄の二人が味方にいるのなら、相手が六魔星でも十分に勝算はある。そして、状況によっては僕がゼルディアに止めを刺す展開もあるかもしれない。

「アスロム様」

戦士のテレサがアスロムに駆け寄った。

「負傷した信者を捕らえました。これで隠れ村の場所がわかると思います」

「じゃあ、早速、尋問をして……」


「その必要はない」

突然、しわがれた声が頭上から聞こえてきた。

全員が視線を上げると、濃い紫色の服を着た老人が宙に浮いている。両手の甲に赤い宝石が埋まっているのを見て、アスロムたちは老人が六魔星のゼルディアだと確信した。

「アスロムはどこにいる？」

ゼルディアは金色の目で冒険者たちを見回す。

「僕がアスロムだよ」

アスロムが一歩前に出て、ゼルディアと視線を合わせる。

「ほう。お前か」

ゼルディアは金色の目を針のように細くする。

「……ふむ。なかなかの強者のようだ。これは使えそうだ」

「使えそう？」

「お前の死体がな。十二英雄の死体なら、いい素材になるだろう」

「僕を殺すってことか」

「不服があるのか？」

「ないね。僕も君を殺すことを考えていたから」

アスロムは七光彩剣を強く握り締める。

「で、君の部下はどこにいるの？」

「そのうちここに来るだろう」

「……つまり、今は一人ってことか」

「そうだ。もともと我に護衛など必要ないからな」

「それなら、さっさと下りてきたら」

シルフィールが言った。

「私があなたを殺してあげる」

「……お前は誰だ？」

「私は月光の団のシルフィール。アスロムと同じ十二英雄よ」

「……ほう。もう一人、十二英雄がいたか」

「ええ。今さら逃げるなんて言わないわよね？」

シルフィールが挑発的な笑みを浮かべる。

「私はあなたの部下のダグルードを殺してるんだし」

「ダグルード……」

ゼルディアの瞳が縦に細くなった。

「そうか。お前がダグルードを殺したのか」

「あと二人、手伝ってくれたけどね」

「ふむ。ダグルードは我が部下の中でも、なかなかの強者だった。どうやら、十二英雄は我の予想よりも強いのかもしれんな」

「もし、不安だったら、部下が来るまで、そのまま宙に浮いていたら？」

「……ふっ、挑発か。まあ、いい。お前たちに恐怖を教えてやろう」

ゼルディアはゆっくりと地面に下りた。

「全員、ゼルディアを囲め！」

アスロムが叫ぶと神樹の団の団員たちが一斉に動き出した。月光の団と聖剣の団の団員たちも数秒遅れて動き出す。

だらりと細い手を下げて立っているゼルディアを見て、キルサスはにやりと笑った。

――こいつ、もう老人じゃないか。手足も細くて殴っただけでも骨が折れそうだ。六魔星だから弱いはずはないが、全盛期は過ぎていると見た。上手くいけば、僕だけでこいつを殺せる。

キルサスのノドが大きく動いた。

――十二英雄で六魔星を倒したのはリムシェラだけだ。もし、ここで僕がゼルディアを倒せば、十三番目の英雄になれるかもしれない。

「アスロムさん。まずは僕が攻めます」

キルサスは腰に提げていた鞘からロングソードを引き抜いた。そのロングソードは柄が黒く刃が黄緑色に輝いていた。

「アスロムさんとシルフィールさんは状況で動いてください」

「君ひとりで大丈夫かい？」

「ええ。僕もSランクですから」

キルサスはロングソードの先端をゼルディアに向ける。

「僕は聖剣の団のリーダー、キルサスだ！　六魔星ゼルディアよ。お前はこの『龍鋼風牙《りゅうこうふうが》』で倒す！」

「……ほう。お前も強者なのか」

ゼルディアは青黒い唇を動かした。

「どの程度の強さなのか、見せてもらおうか」

「ああ。見せてやる。僕の実力を！」

キルサスは呪文を唱えながら、ゼルディアに突っ込んだ。ゼルディアの体を黒い霧が包み、周囲の草が地面に押しつけられた。

「重力系の魔法か」

「気づいたところで、もう遅い！」

キルサスは一瞬でゼルディアの側面に回り込み、龍鋼風牙を振り下ろす。

――もらった。このスピードなら、防御魔法も間に合わないはずだ。

勝利を確信して、キルサスの口角が吊り上がる。

その瞬間――。

黄緑色に輝く刃をゼルディアは手の甲に埋め込まれている赤い宝石で受けた。

甲高い金属音がして、龍鋼風牙の刃が欠ける。

「あ……」

キルサスの動きが止まった。

ゼルディアが右手を突き出す。尖った爪がキルサスの胸に突き刺さる。

「ぐあああっ！」

キルサスは顔を歪めて、地面に倒れた。

「ふん。その程度か」

ゼルディアの左手が紫色に輝く。

「では、死ねっ！」

「ひ、ひぃっ！」

キルサスは甲高い悲鳴をあげる。

「何やってるのっ！」

シルフィールがキルサスを守るようにゼルディアの前に立った。

「今度は私が相手よ」

「……ふむ。お前も一人で戦うつもりか？」

ゼルディアの問いかけにシルフィールが微笑した。

「そうしてもいいんだけど、手柄はみんなで分け合ったほうがよさそうだから」

アスロムが側面からゼルディアに突っ込んだ。

その動きに合わせて、シルフィールも前に出る。

「『流星雨《りゅうせいう》』！」

シルフィールの腕がぶれるように動き、双頭光王の刃が連続で突き出される。

ゼルディアは一瞬だけ唇を動かす。半透明の魔法の壁が現れ、双頭光王の刃を防いだ。

「僕の攻撃が残ってるよっ！」

アスロムが七光彩剣を斜めに振り下ろした。ゼルディアは左手を動かし、手の甲の宝石で七光彩剣の攻撃を受ける。

「まだまだっ！」

アスロムは連続で攻撃を続ける。シルフィールも逆方向からゼルディアを攻めた。

二人の攻撃をゼルディアは魔法の壁と手の甲の宝石で受ける。

「死ねっ！　ゼルディア！」

神樹の団の戦士がゼルディアに突っ込んだ。ゼルディアは戦士の攻撃をかわし、左手を戦士に向ける。紫色の光線が戦士の体を貫いた。

「があっ……」

戦士は大きく口を開いて、その場に倒れた。

「ゼルディアに近づくな！　僕とシルフィールにまかせろ！」

アスロムは叫びながら、ゼルディアに駆け寄る。

そして――。

「『時神の加護』！」

アスロムの姿が消え、一瞬で数メートル先に移動した。

一瞬、ゼルディアの反応が遅れる。

アスロムが七光彩剣を振り上げた。ゼルディアの左手首が切断される。

「むっ……」

ゼルディアは魔法の壁を四方に出して、追撃を防いだ。

「……見事だ。そんな技も使えるとはな」

足元に落ちた左手が宙に浮かび、ゼルディアの手首にくっつく。

それを見て、冒険者たちの顔が強張る。

「ふむ。お前たちの強さがよくわかった。これは我も本気を出すしかないようだ」

ゼルディアが呪文を唱えると、宙に赤黒い剣が具現化した。

その剣は柄の部分が肉色で眼球が埋め込まれていた。刃には魔法文字が刻まれていて、血管のようなものが浮き出ている。

「生きている剣か」

アスロムが言った。

「ほう……知っているのか？」

「その剣に殺された人族は多いからね」

「では、こっちは知っているか？」

ゼルディアは紫色の水晶玉を具現化し、それを放り投げる。紫色の煙といっしょに黄金色の鎧と剣を装備した骸骨兵士が十体現れた。

「その骸骨兵士……いや、骸骨戦士は特別な骨を使って我が作った。お前たちがSランクと呼称している冒険者の骨をな」

「Sランク冒険者の骨？」

「そうだ。強者の骨を使えば強いモンスターを作ることができる。さらに魔法の鎧と剣を装備させた。これで周りにいる弱い冒険者たちも戦いに参加できるだろう」

ゼルディアの口角が吊り上がった。

「骸骨戦士よ。冒険者どもを殺せ！」

カチ……カチカチ……。

骸骨戦士たちが歯を鳴らしながら、周囲にいた冒険者たちに襲い掛かった。

黄金色の剣が冒険者の鎧を斬り、血が周囲の草を赤く染める。

「こいつら、強いぞ！」

聖剣の団の団員の顔が恐怖で歪んだ。

「臆するなっ！」

重戦士のダグラスが吠えるように言った。

「数は俺たちのほうが多い。他の団と協力して戦え！」

「おおーっ！」

冒険者たちは雄叫びをあげて、骸骨戦士たちと戦い始める。

「では、こっちも始めるか」

ゼルディアの両手の爪が二十センチ以上伸び、赤く輝いた。

「安心しろ。十二英雄のお前たちの死体は大切に使ってやる！」

魔法の壁が消えると、ゼルディアがアスロムに攻撃を仕掛けた。

同時に浮かんでいた生きている剣が弓で射られた矢のようにシルフィールに突っ込む。

「私が剣か」

シルフィールは双頭光王で生きている剣の刃を叩いた。宙高く飛ばされた生きている剣がブーメランのようにシルフィールに戻ってくる。

生きている剣は、透明な人間が手に持って戦っているかのようにシルフィールを攻撃する。

金属音が連続で響き、シルフィールの銀髪の一部が斬られた。

「剣だけと戦うのは面倒ね」

シルフィールは眉間にしわを寄せて、双頭光王を突く。生きている短剣はその攻撃をかわし、シルフィールの背後に回り込む。

ゆらゆらと宙に浮いている生きている剣を見て、シルフィールが舌打ちをする。

――こんな剣にやられるつもりはないけど、壊すのに時間がかかりそう。早くしないと、アスロムがまずいかも。

シルフィールはゼルディアの攻撃でケガをしているアスロムをちらりと見た。


アスロムはゼルディアの爪の攻撃を必死に避けていた。

服の一部が裂けていて、血で赤く染まっている。

ゼルディアはにやりと笑った。

「どうやら、一対一では我に傷もつけられないようだな」

「それはまだわからないよ」

アスロムは七光彩剣を両手で握り締め、荒い呼吸を整える。

骸骨戦士に倒されていく冒険者たちの姿が視界に入り、アスロムの唇が歪んだ。

――こうなったら、残りの基礎魔力を使って勝負に出る！

「『時神の加護』！」

アスロムの姿が消え、一瞬でゼルディアの背後に現れる。

「それは一度見た技だ！」

ゼルディアは素早く振り返り、赤い爪でアスロムの胸を狙う。

「『時神の加護』！」

また、アスロムの姿が消えて、ゼルディアの頭上に現れる。

アスロムは体を回転させながら、七光彩剣を振った。剣の軌道が虹を描き、ゼルディアの頭部を斬った。

「ぐっ……」

ゼルディアは青紫色の血を流しながら、アスロムから距離を取る。

――浅かったか。

アスロムは唇を強く噛んで、ゼルディアに駆け寄る。

――もう、魔力切れで時神の加護は使えない。なんとか、ここで決めるしかない！

「はあああっ！」

気合の声をあげて、アスロムは七光彩剣を振り下ろした。

その攻撃をゼルディアはぎりぎりでかわし、右手をアスロムに向けた。紫色の光線がアスロムの肩を貫く。

「くっ……」

アスロムは肩を押さえて、後ずさりする。

ゼルディアは素早く呪文を唱えた。

頭部の傷が塞がり、血が止まった。

「たいしたものだ。我に二度も血を流させるとはな」

ゼルディアは金色の目を細めて、アスロムを見つめる。

「だが、その攻撃も無意味だ。この程度の傷なら、いくらでも治せるからな」

「……まだ、勝負はついてない！」

アスロムは両手で七光彩剣を握り締める。

「僕の命に代えても、お前を倒す！」

「口だけは達者だな。お前が無力な存在だと教えてやろう」

ゼルディアは呪文を唱える。

「……『邪神の雨』」

巨大な魔法陣が空に現れ、真っ赤な雨が降ってきた。

雨は周囲にいた冒険者たちの服や体を焼く。

白い煙があがり、冒険者たちの悲鳴が響いた。

「ゼルディア！」

怒りの声をあげて、アスロムがゼルディアに突っ込む。

「焦りすぎだな」

ゼルディアは振り下ろされた七光彩剣の刃を左手の甲の宝石で受け、右手を突き出した。

アスロムの胸に赤い爪が突き刺さる。

アスロムは顔を歪めて、後方に跳んだ。

「致命傷を避けたか。だが、勝負はついた」

ゼルディアは淡々とした口調で言った。

「そのまま、動かなければ一瞬で殺してやる」

「ぐっ……」

アスロムはぎりぎりと歯を鳴らして、ゼルディアをにらみつけた。


エレナの回復魔法で傷を治したキルサスは戦況を確認して口を開いた。

「エレナ……撤退の準備をしておくんだ」

「撤退？」

隣にいたエレナが聞き返した。

「逃げるつもりなの？」

「どうせ、アスロムも同じ判断をする。ゼルディアには勝てないからな」

キルサスの体が微かに震えた。

「ゼルディアはアスロムとシルフィールが二人がかりでも倒せなかったんだ。なのにアスロムだけで倒せるわけがない！」

「それなら、あなたがサポートすれば」

「無理だ。今の時点では僕はシルフィールより弱い。仮に三人で戦っても厳しいだろう」

キルサスはゼルディアと戦っているアスロムに視線を向ける。

「ゼルディアが三属性の高位魔法を使えるとしても、強引に白兵戦に持ち込めば倒せると思っていた。だが、奴のスピードとパワーはトップクラスだ。魔法だけじゃなく、白兵戦も超一流ならどうにもならない」

「逃げるしかないってこと？」

「ああ。犠牲者が増える前に撤退することが正しい選択だ」

「でも、骸骨戦士もいるし、逃げるのは難しいかもしれない」

「それは大丈夫だ。アスロムとシルフィールがいるからな」

キルサスは戦っている二人を交互に見る。

「あの二人は責任感が強く、仲間を助けるために命を捨てる覚悟があるだろう」

「……あなたは仲間を守るつもりはないの？」

「あるさ。だが、逃げた時にみんなをまとめるリーダーが必要だろう。アスロムたちが死んだら、残っているSランクは僕だけになるからね」

「……それは……そうだけど」

エレナの金色の眉が眉間に寄る。

「とにかく、少し下がるぞ。骸骨戦士に囲まれたら逃げにくくなるしな」

キルサスは聖剣の団の団員たちに指示を出して、少しずつ下がり始めた。


「いい加減に諦めたらどうだ？」

ゼルディアは血だらけで七光彩剣を構えているアスロムに声をかけた。

「もう、基礎魔力も残ってないはずだ。これ以上戦っても無意味だぞ」

「無意味じゃないさ」

アスロムは肩で息をしながら、七光彩剣の柄を強く握り締める。

「僕が粘れば、シルフィールが生きている剣を壊してくれるかもしれない。そうなれば、また、二人で戦うことができる」

「それは難しいと思うがな。生きている剣の攻撃は変則的で速い。しかも何日戦っても疲れることもない。結局、あのハイエルフも死ぬことになる」

「ならば、私がアスロム様といっしょに戦う！」

戦士のテレサがアスロムの隣に立った。

「アスロム様、私も戦わせてください！」

「ダメだ、テレサ。君は下がって！」

「力不足なのはわかってます。でも、盾ぐらいにはなれます！」

テレサはロングソードの先端をゼルディアに向ける。

「私がゼルディアに突っ込みます。その間に私ごとゼルディアを斬ってください！」

「……ほぅ。面白いことを考える女だ」

ゼルディアが笑った。

「いいだろう。どんな策でも使ってこい。それが無意味だと教えてやる」

「わかった」

突然、ゼルディアの背後から声が聞こえた。

ゼルディアが振り返ると、そこにはキナコがいた。

「『肉球波紋掌』！」

キナコはピンク色の肉球でゼルディアの腹部を叩いた。

ゼルディアの皮膚が波打ち、その表情が僅かに歪んだ。

「……っ、お前。どうしてここにいる？」

「ルーガルとダークエルフを殺したからに決まってるだろう」

キナコは腰に提げたひょうたんを手に取り、中に入っていたチュル酒を一気に飲み干す。酒の香りが周囲に漂った。

「今度は逃げるなよ、ゼルディア」

「逃げるだと？」

ゼルディアの声が低くなった。

「それはどういう意味だ？」

「そのまんまの意味だ」

　キナコはゆらゆらと上半身を揺らす。

「さっき、お前は俺から逃げた。弱い種族と言われている猫人族の俺からな。そして、この後もそうなるだろうな。お前の顔を見て確信した」

「我の顔？」

「ああ。お前は不利になったら、転移の魔法で逃げるつもりだろう。六魔星とは名ばかりの雑魚魔族だからな」

「……ふっ、ふふっ」

　ゼルディアが痩けた頬を痙攣させるように笑った。

「いい度胸だ。お前に我の真の強さを教えてやろう」

「アスロムっ！　少し休んでろ！」

　キナコはアスロムに声をかけながら、ゼルディアに突っ込んだ。

「バカがっ！」

　ゼルディアは左右の赤い爪を連続で突き出した。キナコはその攻撃を上半身だけでかわす。

「ならばっ！」

　ゼルディアの右手の指先から紫色の光線が発射された。キナコはぺたりと地面に背中をつけて、光線を避けた。

ゼルディアはキナコを踏みつけようと右足を上げた。その動きに合わせてキナコは立ち上がり、肉球でゼルディアの太股を叩く。

ドンと大きな音がして、ゼルディアが飛ばされた。

「むっ……」

ゼルディアは驚いた顔でキナコを見つめた。

「……なるほど。大口を叩くだけはあるということか」

「驚くのはまだ早いぞ」

キナコは上半身を揺らしながら、腰を深く落とす。

「お前を倒すために生み出した『肉球酔拳』の技。存分に味わうがいい」

そう言って、キナコはゼルディアに突っ込んだ。


少し離れた場所で、シルフィールは生きている剣と戦っていた。

シルフィールは大きく足を踏み出し、双頭光王を強く振る。

金属音が響き、生きている剣の刃が欠けた。

生きている剣はふわりと頭上に浮き上がり、刃に刻まれた魔法文字が輝く。一瞬で欠けた部分が修復した。

「ちっ！　またなのっ⁉」

シルフィールが舌打ちをして、頭上に浮かぶ生きている剣を見上げる。

——面倒な相手ね。剣の軌道が読みにくいし、何度も修復してくる。連続で攻めようとしても、空中に逃げられちゃうし。なんとか早く倒さないと。

その時、生きている剣が真下に落下した、地面ぎりぎりで角度を変え、シルフィールに突っ込んでくる。

シルフィールは双頭光王を真横に振った。その刃が当たる寸前、生きている剣がくるりと回転して、柄の部分の眼球がシルフィールを凝視する。その目から黄白色の光が放たれ、シルフィールの視界を奪った。

「くっ……」

一瞬、シルフィールは生きている剣の位置を見失った。シルフィールの後方から生きている剣が突っ込んでくる。

その時——。

数十枚の黒い紙が宙に現れ、生きている剣を包み込んだ。その紙は粘着質で刃にべったりと張りつく。

「紙……」

シルフィールが視線を動かすと、近づいてくるヤクモの姿が目に入った。

◇　◇　◇

「シルフィールさん！」

僕はシルフィールに駆け寄った。

「ヤクモっ！　あなたもエクニス高原に来てたの？」

シルフィールは濃い緑色の目を丸くする。

「はい。キナコたちもいます！」

そう答えながら、宙に浮いている生きている剣を見つめる。

通常の紙の一万倍の重さがある『重魔紙《じゅうまし》』が何枚も張りついているのに、まだ宙に浮かぶことができるか。

それなら――。

僕は生きている剣の周囲に新たな重魔紙を出現させる。その紙が次々と生きている剣に張りついた。

生きている剣の動きが鈍り、ゆっくりと下降していく。

「シルフィールさん！」

「わかってるからっ！　『風神斬空《ふうじんざんくう》』！」

シルフィールは双頭光王を投げた。

双頭光王はくるくると高速で回転しながら、生きている剣に当たった。

生きている剣の刃が欠け、地面に落ちる。シルフィールは戻ってきた双頭光王を掴み、浮き上がろうとしている生きている剣に駆け寄った。

「遅いっ！」

シルフィールは双頭光王を強く突きだした。黄白色の刃の先端が生きている剣の眼球に突き刺さる。

眼球から青紫色の血が噴き出し、生きている剣の刃に無数のひびが入る。

「ヒィイイイ！」

女の悲鳴のような声とともに生きている剣が粉々に砕けた。

「シルフィールさん。キナコがゼルディアと戦ってます！」

「わかった。私たちも行くわよ！」

僕はシルフィールといっしょに走り出す。

「ヤクモ。さっきの紙は何？」

「あれは重力系の魔法の効果がある重魔紙です。粘着性があって、普通の紙の一万倍の重さがあります」

「それで生きている剣の動きが鈍くなったわけね」

シルフィールが走りながら僕を見る。

「ほんと、あなたの能力はとんでもないわね。見た目は弱い新人冒険者だけど」

「それなら、シルフィールさんのほうが見た目とのギャップは大きいと思いますよ。見た目はきれいな女の子なのに、圧倒的な強さだから」

「き、きれい……」

月夜に照らされたシルフィールの顔の色が変化した。

足を止めて、僕の顔を凝視する。

「シルフィールさん？」

「……あっ、うっ！」

シルフィールはもごもごと口を動かしながら走り出した。

「……ヤクモっ！　これからは私と喋る時は敬語でなくていいから。名前もさんづけにしなくていいわ」

「えっ？　呼び捨てですか？」

「そうよ。普通に話して」

「でも、シルフィールさんは十二英雄だし、話す時はさんづけにしたほうが……」

「シルフィールっ！」

シルフィールが眉を吊り上げる。

「わ、わかったよ。シルフィール」

「そう。それでいいの」

シルフィールは満足げに小さな唇を笑みの形にした。

視線の先にキナコと戦っているゼルディアが見えた。

「ヤクモっ！　先に行くから」

シルフィールが一気にスピードを上げて、側面からゼルディアに突っ込んだ。

「むっ……お前っ！」

ゼルディアは驚いた顔でシルフィールの攻撃を避ける。

「生きている剣を壊したのか？」

「そういうこと」

シルフィールは双頭光王を連続で突く。

その動きに合わせて、キナコが前に出る。

二人の同時攻撃にゼルディアの唇が歪んだ。

「調子に乗るなっ！」

ゼルディアの背中から、八本の黒い触手が這い出てきた。

触手は黒く先端が鋭く尖っている。その触手が別の生物のようにキナコとシルフィールを襲う。

キナコは大きく上半身をそらしながら、伸びた爪で触手を斬ろうとした。しかし、触手の皮膚は金属のように硬く、爪で斬ることはできなかった。

ヘビのように動く触手の攻撃に、キナコとシルフィールはゼルディアから距離を取る。

「ならば……」

ゼルディアは素早く呪文を唱えた。

夜空に巨大な紫色の魔法陣が出現する。

「お前たち、全員まとめて燃やしてやろう」

その時、紫色の魔法陣の上にさらに巨大な魔法陣が現れた。青白く輝く魔法陣が紫色の魔法陣と重なり合い、同時に砕けた。

視線を動かすと、アルミーネが空に向かって、手をかざしているのが見えた。

アルミーネがゼルディアの魔法陣を消してくれたんだな。

「ゼルディアっ！　命をもらうのだーっ！」

狂戦士モードになったピルンがゼルディアに突っ込んだ。

ピルンは巨大化したマジカルハンマーを振る。ゼルディアは両手の甲の宝石でピルンの攻撃を受けながら、八本の触手でキナコとシルフィールの攻撃に対応する。

今がチャンスだ！

僕は背後からゼルディアに駆け寄り、魔喰いの短剣に魔力を注ぎ込む。青白い刃が一メートル以上伸びた。

一本の触手が僕の接近に気づいた。

獲物に飛び掛かるヘビのように細長い胴体を伸ばし、僕の顔面に迫る。僕は上半身をひねりながら、魔喰いの短剣を斜めに振り上げた。触手の頭部が斬れ、青紫色の血が噴き出す。

「むっ……」

ゼルディアが振り返り、赤い爪を振り下ろす。僕は強化した紙を具現化した。その紙が赤い爪の攻撃を防ぐ。

僕は魔喰いの短剣を真横に振る。ゼルディアは左足を引いて、その攻撃をかわそうとした。

その動きに合わせて、魔喰いの短剣に魔力を注ぐ。刃がさらに十センチ以上伸び、その先端がゼルディアの腹部を斬った。

「ぐっ……」

ゼルディアの表情が歪む。

「勝機っ！」

キナコが高くジャンプして、体をくるくると回転させる。

「『肉球回転掌《にくきゅうかいてんしょう》』！」

キナコの肉球がゼルディアの頭部を叩いた。ぐらりとゼルディアの体が傾く。

そこにシルフィールが突っ込んだ。

「『神撃月虹《しんげきげっこう》』！」

双頭光王の刃が七色に輝き、ゼルディアの胸を貫いた。

「ぐあっ……」

ゼルディアは苦悶の表情を浮かべて、後ずさりする。

キナコとシルフィールが左右からゼルディアに駆け寄る。

「舐めるなっ！」

ゼルディアは七本の触手で二人を牽制しながら、呪文を唱える。胸に開いた穴が塞がり始める。

シルフィールの必殺技でも倒せないのか。ダグルードはあの技で倒せたのに。

でも、確実にダメージは与えている。完全に回復する前に倒す！

僕、キナコ、シルフィール、ピルンが四方からゼルディアに突っ込んだ。

ゼルディアはふわりと浮き上がり、上に逃げた。

そうはさせないっ！

透明な紙を魔法のポケットから具現化する。

宙に固定した透明な紙を足場にして、僕は連続でジャンプした。

見えない足場をジャンプする僕の動きを見て、ゼルディアの口が大きく開く。

「なっ……何だっ？」

ゼルディアは驚愕の表情を浮かべ、動きを止める。

チャンスだ！

僕は魔喰いの短剣を振り下ろす。ゼルディアの腕から青紫色の血が噴き出す。

「くあっ！」

ゼルディアは唇を歪めて赤い爪を突き出した。僕は別の足場にジャンプを繰り返し、魔喰いの短剣で攻撃を続ける。

ゼルディアの首、胸、太股から血が流れ出す。

一瞬、冒険者たちの姿が視界に入った。

多くの冒険者が目を丸くして僕を見ている。

やっぱり、空中での連続ジャンプは予想できない動きなんだろう。

「ぐうっ……」

ゼルディアは肩を上下に動かしながら、僕を見つめる。

「貴様……何者だ？」

「ただの新人の冒険者だよ」

「くっ……」

ゼルディアは僕に両手の指先を向ける。紫色の光線が発射された。

銀色に輝く紙が重なり合って壁を作った。その壁が光線の攻撃を止める。

『魔防壁強度九』！」

「ならば……」

七本の触手が伸び、別方向から僕に襲い掛かる。

基礎魔力はまだ残ってるっ！

僕は魔喰いの短剣に大量の魔力を注ぎ込む。青白い刃が枝分かれしたかのように増え、その輝きが増した。

「はあああっ！」

気合の声をあげて、僕は魔喰いの短剣を振った。

三本の触手が同時に斬れる。

「まだだっ！」

別の触手が鞭のような動きで僕の右手に当たる。強い痛みを感じて、僕は魔喰いの短剣を落としてしまう。

「ははは、これで終わらせてやる！」

ゼルディアが長い呪文を唱え始めた。

高位魔法を使うつもりか。なら、その前に勝負をつける！

僕は新しい魔式を脳内でイメージする。

『戦神《いくさがみ》の大剣《たいけん》』！」

数千枚の黄金色の紙が組み合わさり、黄金色の大剣が具現化する。長さが三メートルを超える大剣は厚みがあり、その刃はぶれるように細かく振動していた。

僕は魔法文字が刻まれた柄を両手で掴む。

「ぐっ……」

ゼルディアは呪文を途中で止めて、半透明の魔法の壁を具現化する。

さすがに速いな。でも……。

僕は左斜め下に透明な紙の足場を出す。その足場を左足で強く踏み、戦神の大剣を振り下ろした。高速で振動する刃が半透明の壁を砕き、そのまま、ゼルディアの体を真っ二つにした。

「ばっ……ばか……なっ……」

ゼルディアは青紫色の血を噴き出しなら、草原に落下する。ぐしゃりと大きな音がした。

同時に戦神の大剣が消える。

なんとか倒せたか……。

戦神の大剣は紙で作られた剣なので、見た目に反して軽い。だから、パワーのない僕でも扱う

ことができる。そして、高速振動する特別な刃は魔法の壁も壊すことができる。欠点は紙を振動させるために多くの魔力が必要で、十秒程度しか、具現化できないことだ。でも、その一撃を防ぐことができる生物は、ほとんどいないだろう。

一瞬、僕は自分の腕を見つめる。

こんな細い腕でも、戦いの神バルドが使っていたような大剣を振ることができたな。

憧れの存在に少しだけ近づくことができたのかもしれない。

地面に下りると、僕は足元に落ちていた魔喰いの短剣を拾い上げる。

「ヤクモ！」

キナコが僕に駆け寄ってくる。

「よくぞゼルディアを倒してくれた。見事な攻撃だったぞ」

「まだ、骸骨のモンスターが残ってるよ。みんなを助けに行かないと！」

「あ、ああ。そうだな」

キナコが絶命したゼルディアをちらりと見る。

「……よし！　残りのモンスターを倒すぞ！」

僕たちは冒険者たちと戦っているモンスターに向かって走り出した。

最後のモンスターを倒すと、冒険者たちの歓喜の声が聞こえてきた。

「勝った、勝ったぞ！」

「ああ。俺たちは生き延びたんだ」

「おお、運命の神ダリスよ。感謝します」

喜んでいる冒険者たちを見ながら、僕は額の汗を手の甲でぬぐった。

「ヤクモくん！」

アルミーネが息を弾ませて近づいてきた。その隣にはピルンもいた。

「ゼルディアを倒すところを見てたよ。あんな技も使えたんだね」

「うん。でも、紙のストックがなくなったから、当分使えないかな」

僕は空になった魔法のポケットに触れる。

また、時間がある時に溜めておかないと。

アルミーネと話していると、キナコが近づいてきた。

「ヤクモ。あらためて礼を言わせてもらう」

キナコは僕に向かって頭を下げた。

「心から感謝するぞ」

「キナコがダメージを与えてくれたおかげだよ」

僕はキナコの肩に触れた。

「僕と戦っていた時には、ゼルディアの呼吸が荒くなってたからね。そのせいで魔法の発動も遅かったし」

「……そうか。まあ、俺の前にもアスロムが戦っていたからな。それにシルフィールも」

「じゃあ、みんなのおかげかな」

「ふっ、そうだな。これで死んだ両親の墓に報告に行くことができる」

キナコはふっとまぶたを閉じた。

「ヤクモ！」

シルフィールが駆け寄ってきた。

「何よ、あの技。魔法の壁を剣で斬れるの？」

「うん。大剣の刃に特別な紙を使ったから」

僕はシルフィールに戦神の大剣の技を説明する。

「……ふーん。私の神撃月虹で倒せなかったゼルディアをあなたは一撃で倒したってわけね」

「いっ、いや。それは違うから」

ぶんぶんと首を左右に振って、僕は言葉を続ける。

「シルフィールたちがゼルディアにダメージを与えてくれてたからだよ。さっきも、その話をキナコとしてたから」

「別にいいけどね。あなたの力は認めてるし」

シルフィールは肩をすくめた。

そこにアスロムがやってきた。

アスロムがじっと僕を見つめる。

「君がゼルディアを倒した少年だね。名前は？」

「あ、僕は……ヤクモです」

「ヤクモくんか」

　アスロムは僕の手を握った。

「君のおかげで神樹の団は全滅をまぬがれたよ。僕は魔力切れでほとんど動けなかったからね。本当にありがとう」

「い、いいえ。運がよかっただけで」

「運で六魔星は倒せないよ」

　白い歯を見せて、アスロムが笑う。

「最後の大技の威力もとんでもなかったけど、空中での連続ジャンプ攻撃も見事だった。あれは避けるのが難しいね。君の能力なのかな？」

「はい。僕は紙を具現化する能力があって、極限まで薄くした透明の紙を足場にしてたんです」

「あぁ、なるほど。それでありえない連続ジャンプができたわけか……」

　アスロムは視線を落として僕の足を見る。

「いい能力だね。応用が利いて、攻めにも守りにも使える。しかも、君だけにしか使えない能力と言ってもいいだろう」

「ありがとうございます。十二英雄のあなたに僕のスキルが認めてもらえて、すごく嬉しいです」

　僕の体が熱くなった。

まさか、十二英雄のアスロムから褒められるなんて。

「ところで、ヤクモくん」

アスロムが僕に顔を近づけた。

「君は神樹の団に興味はないかな」

「えっ？　神樹の団ですか？」

「ああ。僕たちの団はレステ国でもトップクラスの実績があって、王都に団員用の寮もある。食事つきのね」

「団員用に寮まで作ってるんですね」

「ああ。優秀な団員を集めるためには、このぐらいはやらないとね」

アスロムは白い歯を見せる。

「近くに冒険者用の店も多いし、君も気に入ると思うんだが」

「えーと、勧誘ってことでしょうか？」

「そうだよ。ちなみに君の給料はSランクの冒険者と同じ額にするつもりだ」

アスロムは真剣な顔をして言葉を続ける。

「君のような強者が神樹の団に入ってくれたら、魔王ゼズズを倒せるかもしれない。人族の未来のためにも協力して欲しい」

「それはダメ！」

シルフィールが銀色の眉を吊り上げて、僕とアスロムの間に割って入った。

「ヤクモは月光の団に入るのが決まってるんだから！」

「い、いや、シルフィール。そんなことは決めてないって」

僕はぶんぶんと首を左右に振る。

「僕はアルミーネのパーティーのメンバーだし」

「だから、全員で月光の団に入ればいいでしょ。ゼルディアの広範囲魔法を打ち消したのも、アルミーネみたいだし」

「んっ？　あの魔法を打ち消したのは君のパーティーの仲間だったのか？」

アスロムが視線をアルミーネに向ける。

「それなら、たしかにパーティーごと入ってもらってもいいな。魔族殺しのキナコもいるし」

「ダメっ！　ヤクモたちは月光の団に入るのっ！」

「いや、それはヤクモくんが決めることだろう。条件では月光の団に負けるつもりはないよ。何なら、ボーナスを追加してもいい」

「私だって、ヤクモのために部屋を用意してるんだから！」

二人は言い争いを始めた。

「十二英雄のアスロムもお前を認めたか」

キナコがぼそりとつぶやいた。

「まあ、六魔星に止めを刺したんだから、当然とも言えるが」

「過大評価されてる気がするけど」

僕は頭をかく。

【魔力極大】のユニークスキルが復活して、僕は強くなった。でも、十二英雄の二人が取り合いするようなレベルじゃないと思う。

その時――。

「ヤクモ……」

聞き覚えのある声が背後から聞こえた。

振り返ると、そこには聖剣の団のリーダー、キルサスが立っていた。

キルサスの背後には、同じ聖剣の団のAランク冒険者エレナの姿もあった。

「キルサス……さん」

僕の口が半開きになる。

「キルサスさんもいたんですね」

「ああ。気づかなかったみたいだね」

キルサスは白い歯を見せて、僕に近づいてきた。

「君がゼルディアを倒すところを見てたよ。本当に素晴らしい」

パチパチと拍手をして、キルサスは言葉を続ける。

「しかし、驚いたな。前は十枚程度の紙しか出せなかったのに、どうしたんだい？」

「……基礎魔力が増えるスキルが復活したんです」

僕はキルサスの質問に答えた。

「それでいろんなタイプの紙を大量に具現化できるようになって」

「なるほど。それでゼルディアを倒せたのか」

「はい。でも、僕だけの力じゃありません。僕が止めを刺す前にアスロムさんたちがダメージを与えてくれてたから」

「……あぁ。それはあるだろう。紙の攻撃だけでは六魔星は倒せないからな」

　キルサスは目を細くして僕を見つめる。

「だが、君がゼルディアに止めを刺したのも事実だ。だから、僕も考えを変えようと思う」

「考えを変える？」

「ああ。君の限界はDランクだと思っていた。しかし、今の君はCランクレベルといってもいいだろう。だから、君の追放を撤回するよ」

「追放を撤回……」

「そうだ。今まで通りの給料を払うし、将来の幹部候補として、君を育ててあげよう。この僕が直接ね」

　キルサスは笑顔で僕の肩に触れた。

「しかし、君が聖剣の団の幹部になった時に、追放された過去があるというのはよくないな。どうだろう？　ここは追放などなかったことにしないか？」

「えっ？　どういうことですか？」

「君を追放していないことにしようって提案だよ。君だって、追放された冒険者だと笑われるのはイヤだろ？」

「それは無理だと思います」

「無理？　どうしてだ？」

「前にアルベルが冒険者ギルドで、僕が追放されたことをみんなに話してたんです。その時、職員の人も聞いてたから」

僕の説明を聞いて、キルサスの眉がぴくりと動いた。

「……そうか。だが、それはアルベルの勘違いということにすればなんとかなるだろう」

「勘違い……ですか？」

「ああ。追放の正式な書類があるわけでもないしな」

「必死ですね」

無言だったアルミーネが口を開いた。

「んっ？　必死？」

キルサスの視線がアルミーネに向く。

「君は誰だ？」

「私は錬金術師のアルミーネ。ヤクモくんのパーティーのリーダーです」

「ヤクモの……」

キルサスの目が針のように細くなった。

「必死とはどういう意味かな？」

「六魔星を倒したヤクモくんが聖剣の団の団員ってことにしたいんでしょ？」

　アルミーネはダークブルーの瞳でキルサスを見つめる。

「ヤクモくんはゼルディアに止めを刺したから、報奨金の分配が高くなる。そして、ヤクモくんが聖剣の団の団員なら、そのお金は団に支払われることになります」

「もちろん、金はヤクモにボーナスとして半分を渡すよ」

「それでも半分手に入るのは美味しいですよね？」

「それは……」

　キルサスの頬がぴくぴくと痙攣する。

「でも、無理ですよ。私が冒険者ギルドに書類を提出してますから」

「書類？」

「はい。ヤクモくんが私のパーティーのメンバーだと書いた書類です。そこに他の団との関わりがないことも明記してあります」

　淡々とした口調でアルミーネは言葉を続ける。

「ヤクモくんのサインもしてあるし、冒険者ギルドも認めないと思います」

「そっ、そうか。ならば仕方がない。タンサの町に戻った後で、聖剣の団の団員に戻る手続きをしよう」

「いえ、僕は聖剣の団に戻りません！」

　僕はきっぱりと言った。

「アルミーネのパーティーのメンバーでいたいから」

「いや、待て！　パーティーより団に入ったほうがいいだろう。団なら大人数だし、割のいい仕事も入りやすい。それに固定給もあって安全でもある」

キルサスは僕に顔を近づける。

「しかも、聖剣の団はタンサの町で五本の指に入る実力があるんだぞ」

「そんなことは関係ないんです。アルミーネたちは信頼できる仲間で、ずっといっしょにいたいと思ってるから」

「それは間違った考えだ！」

キルサスが僕の両肩を掴んだ。

「冒険者は命にかかわる仕事だ。いっしょにいたいなんて考えで仲間を選ぶのは間違っている。だから、君は聖剣の団に戻るべきなんだ。聖剣の団なら、より安全に金を稼ぐことができるんだから」

「違いますよ」

アルミーネが言った。

「もし、安全にお金を稼ぐことが最優先なら、ヤクモくんは聖剣の団を選びません」

「んっ？　自分たちのパーティーのほうが安全だと言いたいのか？」

キルサスはアルミーネをにらみつける。

「君のパーティーにはAランクのキナコがいるようだが、僕はSランクだし、他にもAランクの冒険者が四人もいる。団員の数も五十人以上いるんだぞ」

「いいえ。私たちと比べているんじゃありません」

アルミーネは少し離れた場所にいるシルフィールとアスロムを指さした。

「キルサスさんがここに来る前に、十二英雄の二人がヤクモくんを団に誘ってました」

「……え？」

キルサスがぽかんと口を開けた。

「神樹の団と月光の団が？」

「はい。どっちも好待遇でヤクモくんを団員にしたいそうです。アスロムさんはSランクの冒険者と同じ給料をヤクモくんに払うみたいですよ」

「……いっ、いや、しかし。ヤクモは聖剣の団の団員だったんだ」

「でも、安全にお金を稼ぐことが重要なら、聖剣の団より、月光の団か神樹の団に入るほうがいいですよね？　リーダーは十二英雄だし、実績も聖剣の団より上だから」

「それは……」

キルサスは反論できずに唇を噛む。

「ヤクモくんを勧誘するのはいいですけど、もっと、いい条件にしたほうがいいですよ」

「……くっ」

キルサスは短く舌打ちをして、僕たちから離れていった。

アルミーネが大きなため息をつく。

「あんな人が聖剣の団のリーダーなんだ。あんまり尊敬できないね」

「……キルサスさんはSランクの冒険者で戦闘スキルを五つも持ってるんだ。前に戦ってるところを見たけど、すごく強かった」

僕は去って行くキルサスの後ろ姿を見つめる。

「正直、その強さに憧れていたこともあったよ」

「でも、聖剣の団には戻らないんだよね？」

「うん。僕はアルミーネたちといっしょにいたいから」

「ヤクモーっ！」

ピルンが僕に抱きついてきた。

「やっぱり、ヤクモはピルンを選んでくれたのだ。お礼にちゅーしてあげるのだ」

「いや。キスはいいよ」

僕は笑いながら頭をかく。

ピルンは変な言動も多いけど、いっしょにいると心が安らぐんだよな。

「ところで、ヤクモくん」

アルミーネが僕の肩に触れた。

「シルフィールさんと何かあったの？」

「んっ？　何かって？」

「さっき、敬語を使ってなかったから」

アルミーネは僕に顔を近づける。

「前は敬語で話してたよね？　どうして？」

「シルフィールが普通に話してって言ったんだよ。名前もさんづけにしなくていいって」

「……ふーん。そう……なんだ」

アルミーネはちらりとシルフィールを見る。

「もしかして、シルフィールさん……」

「シルフィールがどうかしたの？」

「なっ、何でもないからっ！」

アルミーネはぷっと頬を膨らませて、僕から顔をそらした。

第六章 ヤクモの実力

ゼルディアを倒してから十日後――。

僕はアルミーネに呼び出されて、彼女の家に向かった。

部屋にはピルンとキナコもいて、二人はイスに座って紅茶を飲んでいる。

「はい。ヤクモくん」

アルミーネがテーブルの上に湯気が立つ紅茶と革袋を置いた。

「今回の報酬だよ。受け取って」

「あ、ありがとう」

革袋を開くと、その中には黄金色に輝く大金貨が十枚以上入っていた。

「ええっ？　こんなにいっぱい？」

思わず、大きな声が出た。

「うん。大金貨十二枚だよ」

「十二枚って……」

僕のノドが動いた。

大金貨十二枚って、何もしなくても四年は暮らしていける金額だ。

「……こんなにもらっていいの？」

「もちろんだよ。ヤクモくんはゼルディアに止めを刺したんだから」

アルミーネが笑いながら言った。

「もちろん、私たちもそれなりの報酬は受け取ってるよ。ゼルディア討伐のサポートをしたパーティーとしてね」

「ピルンも大金貨をもらったのだ」

ピルンがぐっと親指を立てた。

「これで、一角マグロのステーキが食べられるのだ。あれは最高に美味しい魚料理だからな」

「俺は無償でよかったんだが」

キナコが白い爪で頭をかく。

「まあ、酒でも飲むことにするか」

「キナコは毎日飲んでるでしょ」

アルミーネがキナコに突っ込みを入れる。

「ゼルディアを倒したからって、お酒ばっかり飲んでたらダメだよ。キナコはうちのパーティーの大事なメンバーなんだから」

「ふっ、大事なメンバーか」

キナコは目を細めて、僕たちを見回す。

「そうだな。お前たちのおかげで俺は宿願を果たすことができた。その礼のためにも、これからはパーティーの仕事に精を出すことにしよう」

「それは嬉しいな。これからは依頼が増えそうだし」

「そうなのか?」

「うん。うちのパーティーのヤクモくんがゼルディアを倒したからね。そのせいで、すごく注目されてるの」

アルミーネが僕の肩に触れる。

「昨日、冒険者ギルドに行ったら、いっぱい声をかけられたよ。ヤクモくんと話したいって」

「僕と?」

「多分、団へのスカウトだと思う。六魔星を倒した冒険者を団員にしたい団はいっぱいあるから」

「そう……なんだ」

「んっ? どうしたの? 変な顔して」

「いや。こんな風に自分が認められるなんて、思ってなくて」

僕は大金貨が入った革袋を見つめる。

「ユニークスキルの【魔力極大】が復活してくれたおかげかな」

「それだけじゃないぞ」

キナコが言った。

「たしかに【魔力極大】のおかげで、【紙使い】の能力が飛躍的に使えるようになったんだろう。それに加えて白兵戦の能力が上がってるからな。その二つを組み合わせた戦い方は敵にとっては脅威だ」

「そう……なのかな？」

「ああ。特に空中連続ジャンプの技は対応しにくい。突然、空中で停止して、別方向にジャンプしてくるんだからな。しかも、魔喰いの短剣の刃も変幻自在だ。これでは超一流の剣士でもお前に倒されるかもしれん」

キナコは僕の顔を見つめる。

「だから、アスロムはお前を勧誘したんだ」

「本当にすごいことだよね」

アルミーネが僕の顔を覗き込む。

「二人の十二英雄に認められたんだから、ヤクモくんは自信持っていいよ」

「もし、そうなら、アルミーネのおかげでもあるよ」

「私の？」

「だって、魔喰いの短剣はアルミーネが作った武器じゃないか」

「あっ、そういうことね」

アルミーネはピンク色の舌を出す。

「でも、魔喰いの短剣は大量の魔力がないと使えないから、失敗作なんだよね。刃に魔力を注ぎすぎると、すぐに魔力切れになっちゃうし。まあ、あれは【魔力極大】のユニークスキルを持ってるヤクモくん専用の武器だよ」

「僕専用か……」

僕は腰に提げている魔喰いの短剣に触れる。

僕がゼルディアに止めを刺すことができたのは、みんなのおかげだな。魔喰いの短剣は魔力の問題さえなければ、国宝級の武器だと思うし、キナコが毎日模擬戦につき合ってくれるから、白兵戦の能力も向上した。

でも、まだまだだ。ゼルディアとの戦いはぎりぎりだったし、アルミーネの目的でもある混沌の大迷宮には、災害級のモンスターが山のようにいる。

そんな強い敵が相手でも、確実に勝てるようにならないと。

僕はこぶしを強く握り締めた。

◇◇◇

聖剣の団の屋敷の一室で、キルサスとエレナが話をしていた。

「……とりあえず、ゼルディア討伐の報酬が入ってきたのはよかったわね」

「そうだな」

キルサスはテーブルの上に置かれた数枚の大金貨を見つめる。

「遠征の費用を差し引いても、プラスにはなるか」

「ええ。ただ、団員が三人犠牲になったわ」

「それは仕方がない。あの骸骨戦士は強いモンスターだったからな。神樹の団や月光の団も犠牲者を出しているし」

「……そうね」

　エレナは、ふっと息を吐く。

「ヤクモは一人で大金貨十枚以上手に入れたみたいよ」

「……だろうな。ゼルディアに止めを刺したんだから、それぐらいはもらえるだろう」

「キルサス……」

「ああ、わかってる。君は正しかったよ。ヤクモは追放するべきではなかった」

　キルサスは金色の髪を整えながら言った。

「基礎魔力が増えれば、雑魚スキルもほどほどには使えるようになるようだ」

「ほどほど？」

　エレナの眉がぴくりと動く。

「ヤクモはゼルディアを倒したのよ。ほどほどなんてものじゃない。【紙使い】のスキルはとんでもないスキルよ」

「それは違うな。たしかに紙で戦うやり方は相手の意表をつける。だから、ゼルディアも大技を避け損なった。それに……」

「それに何？」

「ゼルディアはヤクモと戦う前に十二英雄の二人と戦っていた。魔族殺しのキナコともな。あの三人がゼルディアに大きなダメージを与えていたんだ」

キルサスは笑みを浮かべて、エレナに歩み寄る。

「瀕死の状態だったゼルディアは空に逃げようとした。そこでヤクモは紙を足場にして追いかけた。そしてあの大技で止めを刺したんだ。本当に幸運な男だよ」

「運で倒せたってこと？」

「運だけではないが、その要素が強いだろう。あの大剣の威力は強いだろうが、すぐに消えていた。つまり、一発勝負の大技ってことだよ。僕なら避けることができる」

「それはどうかしら？」

エレナは首を右に傾ける。

「ヤクモがあの技を出すとわかってれば、避けられるかもしれない。でも、そうじゃないのなら、避けるのは難しいと思う」

「それは君が魔道師だからさ。白兵戦がやれる冒険者なら、あれはかわせるね」

「だけど、ゼルディアはかわせなかったわ。十二英雄二人を白兵戦で圧倒していたゼルディアが避けられなかったのよ」

「それは魔法の壁を使ったからさ」

キルサスは肩をすくめる。

「ゼルディアはミスをした。あの状況なら、魔法の壁を具現化せずに大剣を避けることが最善だった。まあ、宙に浮いていたことで避けにくかったのかもしれない」

「でも……」

　キルサスがエレナの腕に触れる。

「エレナ」

「君に言われなくても、今の僕はヤクモを認めている。彼はCランク程度の実力があると思ってるからね。だから、聖剣の団に戻そうとしたんだ」

「アスロムとシルフィールは、ヤクモをもっと高く評価してるみたいだけど？」

「ヤクモはゼルディアを派手な大技で倒したからな。それで二人は勘違いしたんだよ。ヤクモがSランクの実力があると」

「その評価は間違ってるのね？」

　シルフィールの質問にキルサスはうなずいた。

「そうだ。彼らは後悔するだろう。Sランク待遇でヤクモを入団させたら、人件費がかかり過ぎるからな」

「ヤクモにそこまでの価値はない……か」

「そういうことだ」

　キルサスは白い歯を見せて笑った。

「まあ、ヤクモが聖剣の団に戻る可能性は低いが問題はない。Cランク程度の冒険者なら、絶対に入団させたいってわけじゃないからね」

「それならいいんだけど……」

その時、扉が開いて、アルベル、ダズル、カミラが部屋に入ってきた。

三人の服はぼろぼろで、カミラは腕に包帯を巻いていた。

「んっ？　どうしたんだ？」

キルサスがアルベルたちに歩み寄った。

「すみません。依頼に失敗しました」

アルベルがキルサスに向かって頭を下げた。

「……失敗？」

キルサスの眉がぴくりと動いた。

「どういうことだ？　君たちはグリ村の魔氷狼退治の仕事をやってたはずだ。まさか、魔氷狼を倒せなかったのか？」

「十体以上の群れだったんです。それにカミラが杖を壊されて、攻撃魔法の威力が弱くなって」

「カミラが？」

「しょうがないでしょ！」

カミラがアルベルをにらみつけた。

「あいつら、私ばっかり狙ってくるし。アルベルたちが後衛の私を守ってくれれば、広範囲の攻撃魔法だって使えたのに」

「俺は魔氷狼のリーダーと戦ってたんだ。そんな余裕はねぇよ！」

「僕だって、三体の魔氷狼に囲まれてたから」

アルベルとダズルが同時に反論する。

「言い訳は止めてよ！　第一、アルベルが何も考えずに魔氷狼の群れに突っ込むのがいけないんでしょ」

「はぁ？　俺のせいかよ！」

アルベルの声が大きくなった。

「お前たちが俺の言う通りに動いてれば問題なかったんだ。それなのに逃げ回ってばかりじゃ、勝てるわけないだろ！」

「アルベルは、魔氷狼を倒せ、しか言ってなかったじゃん。あんなの指示じゃないよ」

「待てっ！」

キルサスが右手を上げた。

「君たちがミスをしたのはわかったが、なぜ戻ってきた？　一度撤退しても、また戦えばいいじゃないか？」

「戦おうとしたんです！」

アルベルが言った。

「でも、あいつら、洞窟の中に逃げて、追いかけてたら迷ってしまって」

「はぁっ？　地図を作ればいいだろう？」

「そういうのはヤクモにやらせてたから」

その言葉に、キルサスの頬がぴくりと反応した。

「……ヤクモに？」

「はい。ヤクモは戦闘はいまいちだけど、地図作りとか武器の手入れとかは丁寧だったから、雑用をやらせてたんです。だから、俺たちは覚えてなくて」

「何をやってるんだっ！」

キルサスは声を荒らげた。

「ヤクモがいないことはわかってただろ！　それなのに、なぜ、誰も地図作りを学ぼうとしなかった？」

「それは俺たちの仕事じゃありません！」

アルベルが言った。

「俺たちは戦うことが得意なんです。そんな雑用は他の奴にやらせればいいでしょう」

「そうよ」

カミラがアルベルの言葉に同意した。

「私たちは将来Aランクになるんだから、地図作りなんて覚える必要ないし」

「君たちは何を言ってる？」

キルサスのこめかみに血管が浮かび上がる。

「地図作りは冒険者の基礎だぞ。最低限はできるようになっておかないと、不測の事態に対応できないじゃないか。事実、君たちは洞窟で迷って、依頼に失敗した」

「それは……」

アルベルの声が途切れた。

「……はぁ」

キルサスは深くため息をついて、額に手を当てる。

「やはり、僕は間違っていたようだ」

「間違っていたって、何をですか？」

ダズルが質問した。

「君たちを残して、ヤクモを追放したことだよ」

その言葉を聞いて、アルベルたちの目が大きく開いた。

「キルサスさん！」

アルベルがキルサスに顔を近づける。

「冗談は止めてください。笑えませんよ」

「冗談じゃないよ。僕は君たちより、ヤクモを評価してる」

「本気でそう思ってるんですか？」

「ああ。今はね」

キルサスはアルベルたちを見回す。

「君たちは魔氷狼の討伐に失敗した。魔氷狼はEランクのパーティーでも十分に倒せるモンスターだ。そのモンスターを倒せなかったんだから、評価が落ちるのは当然だろう」

「だけど、ヤクモより下なんてありえません！」

アルベルは眉を吊り上げる。

「あいつは運と強い武器で成果を上げてるだけです。実力はFランクレベルですよ」

「僕の見立てでは、ヤクモはCランクレベルだよ」

「Cランク？　そんなこと、前は言ってなかったじゃないですか？」

「あぁ。君たちはまだ知らないのか」

「何をですか？」

「ヤクモが六魔星のゼルディアを倒したことをだよ」

「……え？」

アルベルが口を開いたまま、数秒間無言になった。

背後にいるダズルとカミラも同じように口を開けている。

「ヤクモがゼルディアを倒した？」

「正確には止めを刺した、だがね」

キルサスは髪を整えながら言葉を続ける。

「君たちが言うように、ヤクモは強い武器を使っている。だが、それだけで六魔星のゼルディアを倒せるわけがない。ほどほどの戦闘力は必要だ」

「だけど、ヤクモがCランクなんてありえないですよ」

アルベルが不満げな表情を浮かべた。

「あいつは基礎魔力が増えたみたいだけど、紙の具現化しかできないんだ。攻撃魔法だって使えないし、パワーもない」

「そ、そうだよ」

ダズルが強張った顔で言った。

「ヤクモのことなら、僕たちが一番わかってる。あいつは臆病で積極的に戦おうとしない。だから、倒したモンスターの数はいつも僕たちより少なかった。後衛職でもないのに後ろにいることが多かったし」

「……ねぇ」

無言だったエレナが口を開いた。

「それって、何も考えずに戦ってるあなたたちをサポートしてたんじゃないの？」

「えっ？　サポート？」

ダズルがまぶたをぱちぱちと動かす。

「ええ。あなたたちの戦い方は独りよがりで、連携もできてない。だれかが戦況を把握して動かないと、格下のモンスターにも殺されてしまう」

「ヤクモがそれをやってたって言いたいんですか？」

「そうね。前にあなたたちのパーティーに参加した時、ヤクモがいたから、あなたたちが自由に戦えてたように思えたわ」

「そんなことはありえないですよ」

「じゃあ、あなたたちはどうして依頼に失敗したの？」

「……それは」

ダズルは口をぱくぱくと動かす。

「よく考えてみなさい。ヤクモはプラントドラゴンを倒し、六魔星のゼルディアを倒した。Ｅランクの昇級試験では鎧ムカデも倒したのよね？　これ全部運と武器のおかげなの？」

「でも……」

ダズルの言葉が途切れた。

「……わかりました。運と武器だけじゃないことは認めます」

アルベルが言った。

「ヤクモは基礎魔力が増えて強くなった。でも……俺のほうがもっと強いんだ！」

握り締めたアルベルのこぶしから骨が鳴る音がした。

「もし、俺があの短剣を持っていたら、ゼルディアだって倒せます！　ヤクモがＣランクレベルって言うのなら、俺はＢランク以上の実力がありますから」

「ならば、それを証明してもらおう」

キルサスがアルベルに歩み寄った。

「君たちにはＤランクの昇級試験を受けてもらう。ヤクモより上だと言うのなら、当然、Ｄランクに昇級できるな？」

「できますっ！」

アルベルが即答した。ダズルとカミラも大きく首を縦に振る。

「……ふむ」

やる気になっているアルベルたちを見て、キルサスは満足げに目を細める。

「アルベル、ダズル、カミラ。最初、僕はヤクモではなく、君たちを選んだ。その理由は複数の戦闘スキルを持っていて、将来性があると思ったからだ。でも、現状はヤクモのほうが実績を残している。この評価を変えるためには、君たちも努力が必要だ。戦闘スキルの能力だけに頼っていたら、上にはいけないぞ」

「わかってます！」

アルベルが背筋を伸ばした。

「俺が本気を出せば、Sランクにだってなれることを証明してやりますよ」

「その意気だ」

キルサスは白い歯を見せて、アルベルの肩を叩いた。


エレナは唇を結んでキルサスたちの会話を聞いていた。

――上手くアルベルたちをやる気にさせたわね。これなら、アルベルたちも使えるようになるかもしれない。彼らは個人の戦闘力なら、Dランクレベルと考えてもいいし。それに本気で努力したら、Bランク以上の冒険者になる可能性もある。だけど……。

エレナの脳内にゼルディアと戦っていたヤクモの姿が浮かび上がる。

――キルサスはヤクモをCランクレベルの冒険者だと思っている。でも、私の考えは違う。あの時、ヤクモは空中を連続でジャンプして戦っていた。あんな戦い方ができる人族はいない。それにヤクモが使った大技はゼルディアの魔法の壁を一振りで砕いた。そんなことがアルベルたちにできるはずがない。

深く息を吐いて、エレナはまぶたを閉じる。

――私は十二英雄のアスロムとシルフィールがゼルディアと戦っているところを見た。彼らの強さは人族の限界を超えていると思った。だけど……その二人より、私はヤクモのほうが強いと感じた。Eランクのヤクモが……。

一瞬、エレナの体がぶるりと震えた。

エピローグ

その日、僕はアルミーネといっしょに冒険者ギルドに向かった。どうやら、支部長が僕と話をしたいらしい。

分厚い木製の扉を開くと、冒険者たちの視線が僕に集まる。

掲示板の前にいた若い冒険者が僕を指さした。

「おいっ、あいつ、紙使いのヤクモじゃないか」

「あ、六魔星のゼルディアを倒した奴か？」

「そうだ。奴が止めを刺したらしいぞ」

「Eランクがゼルディアを倒したのか？」

「ああ。掲示板に情報も出てたから間違いない」

「……へーっ、全然強そうに見えないんだがなぁ」

こんなに注目されるなんて。

僕の顔が熱くなった。

「ヤクモさん。アルミーネさん」

職員の女性が僕に歩み寄った。

「朝早くから来ていただいて感謝します。早速、部屋にご案内しますので」

僕たちは女性といっしょに階段を上がり、二階の一番奥の部屋に入った。

部屋の中には木製のテーブルとソファーがあり、その奥に黒いスーツを着たエルフの男が立っている。

男の見た目は二十代後半ぐらいで、金色の髪を後ろに束ねている。肌は色白で左右の耳はぴんと尖っていた。

「あなたがヤクモさんですね」

男は目を細めて僕に手を伸ばした。

僕はその手を握る。

一瞬、男の両目が大きく開く。

「……どうかしたんですか？」

「あ、いえ……」

男は僕に向かって丁寧に頭を下げた。

「私は支部長のラクリスです。ヤクモさん、六魔星ゼルディアの討伐、おめでとうございます」

「ありがとうございます。みんながサポートしてくれたおかげです」

「……サポートですか」

ラクリスは僕の顔をじっと見つめる。

「……とりあえず、ソファーにどうぞ」

僕とアルミーネは革製のソファーに座り、対面のソファーにラクリスが腰を下ろす。

「さて、早速ですが、ヤクモさんがいるパーティーに十件以上の依頼が来てます」

「十件以上……ですか？」

「はい。危険なモンスター退治の依頼が多いです。まあ、団に依頼するより、パーティーに依頼したほうが基本的に依頼料が安くなりますから」

ラクリスはテーブルの上に十枚の紙を置いた。

「どの依頼を受けて、どの依頼を断るかは、ヤクモさんが決めて構いません」

「それはリーダーのアルミーネが決めるので」

「なるほど。では、アルミーネさん。よろしくお願いします」

「わかりました。しっかり内容を確認して、数日以内に返事をします」

アルミーネが紙を受け取る。

「それで、この前話した件ですけど……」

「混沌の大迷宮への探索の許可ですね」

「はい。そうです！」

アルミーネはソファーから身を乗り出した。

「パーティーのメンバーのヤクモくんが六魔星を倒したんだから、実績は問題ないと思うんです。魔族殺しのキナコもメンバーだし、私は上級の錬金術師の資格も持ってます」

「そうですね。私もそう思っていたんですが……」

ラクリスの表情が曇った。

「実はレステ国より、不許可の連絡が届いたんです」

「え？　ダメだったんですか？」

「はい。あなたたちのパーティーの実績には不審な点があると判断されました」

「不審な点？」

アルミーネのピンク色の眉がぴくりと動く。

「何が不審なんですか？」

「……ヤクモさんの実績です」

ラクリスは視線を僕に向ける。

「ヤクモさんは六魔星のゼルディアに止めを刺しました。私はその事実だけで、ヤクモさんを認めています。でも、混沌の大迷宮の管理委員会のメンバーはそう思わなかったようです。状況がよくないですからね」

「状況って何ですか？」

僕はラクリスに質問した。

「ゼルディアがあなたに倒される前に、十二英雄の二人と戦っていたことですよ。その情報も管理委員会に伝わってます。となると、十二英雄の二人がゼルディアに致命傷を与えていたと考える人物がいてもおかしくはないでしょう」

「待ってください！」

アルミーネが口を開いた。

「私は近くでゼルディアが倒されるところを見ていました。ゼルディアに致命傷を与えたのはヤクモくんで間違いないです！」

「はい。神樹の団と月光の団の報告書でも、ヤクモさんがゼルディアに致命傷を与えて倒したと書かれています」

「それなら、何故？」

「ヤクモさんがEランクの新人だからですよ」

ラクリスが言った。

「Eランクの冒険者が六魔星を倒す。そんな奇跡は架空の物語の中でしか起きるわけがない。管理委員会の重鎮の言葉です。それに……」

「それに何ですか？」

「聖剣の団の報告書には、『十二英雄のシルフィールがゼルディアに致命傷を与えた』と書いてあるんです」

「……そっちの報告書を信じるってことですか？」

「全員が信じたわけではありません。団の格でいえば、十二英雄がリーダーの神樹の団や月光の団のほうが上ですからね。ただ、重鎮の言葉を無視するわけにもいかないってことですよ」

ラクリスはふっとため息をついた。

「アルミーネさんはご存じでしょうが、混沌の大迷宮はゲム大陸で一番危険なダンジョンと言われています。新種のモンスターが徘徊し、災害級のモンスターも多数確認されているんです。そんなモンスターに殺された冒険者は三千人を超えているでしょう」

「もちろん知ってます！　でも、私たちのパーティーなら、許可が下りているパーティーとの実力の差はないはずです！」

「そう言って、全滅したパーティーや団の数も十本の指じゃ足りないんですよ」

ラクリスは両手の指を広げた。

「だから、この話はここで終わり、と考えていました」

「いました？」

「そう。過去形です。どうやら、ヤクモさんの強さはホンモノのようですから」

ラクリスは僕と視線を合わせた。

「ヤクモさん。あなたの基礎魔力、とんでもないですね」

「わかるんですか？」

「はい。相手の体に触れればわかるんですよ。私は【特殊鑑定】のスキルを持っていますから」

そう言って、ラクリスは右手を上げる。

「730万マナの基礎魔力があれば、あなたが実力でゼルディアを倒したことは不思議ではありません。私はそう思っています」

「それなら、混沌の大迷宮への探索の許可は下りるんですね？」

「いいえ。許可できる権限を私は持っていませんから」

ラクリスは首を左右に振る。

「ただ、上手くいけば、その許可が下りるかもしれません。ヤクモさん次第ですが」

「僕次第ですか？」

「はい。ヤクモさんがSランクレベルの実力があると証明すれば、ゼルディア討伐の功績もありますし、管理委員会も納得するでしょう」

「そんな証明できるんですか？」

「一つだけ方法があります！」

　ラクリスは人差し指を立てた。

「三日後、Sランクの昇級試験があります。その試験をヤクモさんに受けてもらいたいんです」

「えっ？　Sランクっ？」

　僕は驚きの声をあげた。

「でも、Sランクの昇級試験はAランクの冒険者でないと受けられないんじゃ？」

「そこは特例とします。六魔星に止めを刺したのはあなたですから、その実績によって試験を受けさせることぐらいは問題ありません」

「Sランク……」

　僕の顔が強張った。

　Sランクの昇級試験を僕が受ける？　それは無茶な気がする。僕も少しは強くなったと思ってるけど……。

「ラクリスさん」

アルミーネがイスから立ち上がった。

「ヤクモくんがSランクになれたら、混沌の大迷宮への探索の許可が下りるんですね？」

「断言はできませんが、ほぼ大丈夫でしょう。ヤクモさんがSランクの昇級試験に受かったら、その実力は証明されますから」

「ヤクモくん！」

アルミーネが僕に顔を近づける。

「やったよ。これで混沌の大迷宮に入れるよ」

「いやいや。それは僕がSランクになれたら、だよ」

「うん。ヤクモくんなら、絶対になれるよ」

「絶対って……」

僕は額に手を当てる。

「Sランクの昇級試験って、そんなに甘いものじゃないよ。才能の塊みたいなAランクの冒険者が百人試験を受けても、一人も受からないことがあるんだから」

「でも、私はヤクモくんなら、Sランクになれると信じてるんだ」

「信じてくれるのは嬉しいけど、さすがにSランクはなぁ」

僕は喜んでいるアルミーネを見つめる。

アルミーネの一番の目的は、混沌の大迷宮で行方不明になった父親を捜すことだ。だから、少しでも早く探索の許可が欲しいんだろう。

「どうします？　ヤクモさん」

ラクリスが僕に視線を向ける。

僕は数十秒、考え込む。

アルミーネは追放された僕をパーティーに誘ってくれた。そして、高い素材で魔法の服を作ってくれて魔喰いの短剣をくれた。その恩に報いたい。

それに――。

アルミーネの喜ぶ顔を見たいのもあるか。

「……わかりました。自信はないけど、挑戦させてください！」

「では、すぐに手配しましょう」

ラクリスは扉の前にいた職員を手招きして、指示を伝えた。

「ヤクモくん、ありがとう」

アルミーネが僕の手を握った。

「ヤクモくんがパーティーに入ってくれて、本当によかったよ」

「いや、お礼を言うのは早いって」

僕は苦笑する。

「でも、Sランクになれるように昇級試験、頑張ってみるよ」

「うんっ！」

アルミーネのダークブルーの瞳が瞬く星のようにきらきらと輝いた。

書き下ろし小説『クッキー』

その日、僕はタンサの町にある武器屋で買い物をしていた。

棚に並んでいる短剣を手に取り、重さと刃を確認する。

この短剣は悪くないな。血と脂を弾く効果が付与されてるし、大きさもちょうどいい。

値段も手頃だし、予備として買っておこう。

店員にお金を払って外に出ると、目の前をピルンが歩いていた。

「あっ、ヤクモなのだっ！」

ピルンが僕に駆け寄ってきた。

「こんなところで出会うなんて、やっぱりピルンとヤクモは運命の赤い糸で結ばれているのだ」

「いや、ここってアルミーネの家の近くじゃないか。出会う可能性は高いよ」

僕はピルンに突っ込みを入れる。

「で、ピルンはアルミーネの家に行くの？」

「そうなのだ。王室御用達のクッキーを手に入れたからな」

そう言って、ピルンは持っていた紙袋を僕に見せる。

「これを食べながら、アルミーネといっしょにハチミツ茶を飲むのだ」

「それは美味しそうだね」

「うむ。だからヤクモもいっしょに行くのだ」

「えっ？　僕もいいの？」

「もちろんなのだ。ヤクモはパーティーの仲間だからな」

「でも、突然家に行ったら、迷惑じゃないかな？」

「大丈夫なのだ。ちゃんとアルミーネには遠話の魔道具で遊びに行くって伝えているのだ」

ピルンはぐっと親指を立てる。

「だから、安心してついてくるのだ」

「……じゃあ、お邪魔させてもらおうかな」

僕はピルンといっしょにアルミーネの家に向かった。


ピルンはアルミーネの家の扉を鍵で開けた。

どうやら、合鍵をもらっているようだ。

「アルミーネ！　クッキーを買ってきたのだーっ！」

ピルンがそう言うと、奥からアルミーネの声が聞こえてきた。

「はーい。ちょっと待ってて」

僕とピルンはリビングに移動してイスに座る。

「ヤクモ、ピルンは気づいてしまったのだ」

ピルンが真剣な表情で言った。

「重大な問題が発生していることに」

「んっ？　重大な問題って？」

「クッキーは十個あるのだ」

「それのどこが重大な問題なの？」

「よく考えるのだ。三人で分けると、ピルンが三個、アルミーネが三個、ヤクモが三個で一個余るのだ。この一個を誰が食べるのかが問題なのだ」

「いや、ピルンが食べればいいじゃないか」

僕は頭をかく。

「僕はそれでいいし、アルミーネだって気にしないと思うよ」

「そうなのか？」

「うん。多分、気にしてるのはピルンだけだよ」

「二人とも優しいのだ。ピルンは感動したのだ」

ピルンは満面の笑みを浮かべる。

「これで重大な問題も解決したし、後はアルミーネがお風呂から上がるのを待つだけなのだ」

「アルミーネはお風呂に入ってるの？」

「遠話の魔道具で、そう言ってたのだ」

ピルンは視線を廊下に向ける。

「アルミーネ！　早くお風呂から出るのだーっ！」

ピルンが大きな声を出した。

「……そんなに急がせないでよ」

廊下からアルミーネの声が聞こえる。

「クッキーは逃げないんだから」

そう言いながら、アルミーネがリビングに入ってきた。

バスタオルを体に巻いた姿で……。

きめの細かい白い肌には水滴が浮かんでいて、ピンク色の髪の毛がしっとりと濡れている。

「あ……」

アルミーネの視線と僕の視線が重なった。

もしかして、これってまずくないかな？

そう思った瞬間――。

「あああーっ！」

アルミーネが僕を指さした。

その動きでバスタオルが落ちそうになる。

アルミーネは慌てて胸元を押さえた。

「どっ、どっ、どうしてヤクモくんがいるの？」

「ピルンが誘ったのだ」

ピルンが答えた。

「それなら、早く言ってよ！」

アルミーネは顔を真っ赤にしてピルンをにらみつける。

「私がお風呂に入ってるって、ピルンは知ってたでしょ？」

「うむ。だから、ヤクモにはさっき伝えたのだ」

「いや、ヤクモくんじゃなくて、私に伝えてよ！」

アルミーネは胸元を隠しながら、リビングから出ていった。

そして数分後――。

服を着たアルミーネが戻ってくる。

「ご、ごめん」

僕は頭を下げた。

「……いや。悪いのは私だから」

アルミーネはふっと息を吐く。

「私がバスタオルだけでリビングに入ったのがいけなかったの」

「問題ないのだ」

ピルンが紙袋を開きながら言った。

「ヤクモは仲間だからな。いっしょにお風呂に入ってもいいぐらいなのだ」

「そんなわけないでしょ！」

アルミーネはピルンの頭を軽く叩いた。

その後、僕たちはハチミツ茶を飲みながらクッキーを食べた。

クッキーは王室御用達なだけあって、すごく美味しかった。

アルミーネも幸せそうな顔をして、クッキーを食べている。

「ヤクモ、感謝するのだ」

ピルンが僕の肩を叩く。

「ピルンのおかげで極上のクッキーを食べられたのだ。それに……」

「んっ？　それに何？」

「アルミーネのバスタオル姿も見られたのだ」

「その話はもういいからっ！」

アルミーネはもう一度、ピルンの頭を叩いた。

本書に対するご意見、ご感想をお寄せください。

あて先

〒162-8540 東京都新宿区東五軒町3-28
双葉社　モンスター文庫編集部
「桑野和明先生」係／「福きつね先生」係
もしくは monster@futabasha.co.jp まで

Mノベルス

「雑魚《ざこ》スキル」と追放《ついほう》された紙使《かみつか》い、真《しん》の力《ちから》が覚醒《かくせい》し世界最強《せかいさいきょう》に～世界《せかい》で僕《ぼく》だけユニークスキルを2つ持《も》ってたので真《しん》の仲間《なかま》と成《な》り上《あ》がる～②

2024年3月3日　第1刷発行

著　者　桑野和明《くわのかずあき》

発行者　島野浩二

発行所　株式会社双葉社

〒162-8540　東京都新宿区東五軒町3番28号

［電話］03-5261-4818（営業）　03-5261-4851（編集）

http://www.futabasha.co.jp/（双葉社の書籍・コミック・ムックが買えます）

印刷・製本所　三晃印刷株式会社

［電話］03-5261-4822（製作部）

ISBN 978-4-575-24723-7 C0093